황현진

2011년 문학동네작가상을 받으며 등단했다.
장편소설 『죽을 만큼 아프진 않아』
『두 번 사는 사람들』과 중편소설 『달의 의지』
『부산 이후부터』, 소설집 『해피 엔딩 말고
다행한 엔딩』이 있다.

호재

오늘의 젊은 작가 23

호재

황현진
장편소설

민음사

차례

1부 울지 않는 아이   7

2부 우연히 불행한 거라면   37

3부 언제든 살아날 방도가 있다는 듯   77

4부 언젠가는 떠나기를 바라며   113

5부 울면 젊어집니다   155

6부 당연히 행복하겠습니까   183

작가의 말 205

추천의 글 207

1부

울지 않는

아이

1

배두이는 울지 않았다. 사는 일의 고초는 유년기에 이미 겪을 만큼 겪었다고 자부했다. 어릴 때부터 꼭대기 집 큰딸은 도무지 애 같지 않다는 말을 자주 들으며 자랐다. 그때마다 꾸중 들은 아이처럼 우물쭈물했다. 애어른 같다는 말의 진의를 헤아릴 만큼 영민하거나 조숙한 편은 아니었다. 나중에야 애가 애 같지 않다는 그 말이 기대 어린 칭찬에서 나온 게 아니라 불안 섞인 걱정에서 비롯했음을 깨달았다. 두이가 짐작하기로는 그랬다.

세상만사가 순조로운 적이 없었는데 닥치는 일마다 당연하

게 여겨져서 울지 않았다. 살면서 으레 겪는 고통과 어려움을
관통할 때마다 울음을 터뜨리며 스스로를 가엾게 여기지도
않았다. 간간이 기쁘고 행복했지만 분에 넘치는 희망을 꿈꾸
며 오래 호사를 누리지도 않았다.

장례식의 상주 노릇은 이번이 세 번째였다. 두이의 남편은
밤늦게까지 허름한 사무실을 지키다가 강도의 칼에 찔려 죽
었다. 재개발 사업 계획이 공표된 후 크고 작은 중개업소들이
몰리자, 그는 늘그막에 맞닥뜨린 호황을 놓칠까 부지런을 떠
느라 늦은 시간까지 사무실에 남아 있곤 했다. 그날도 보온병
에 담은 소주를 찻물에 타 마시면서 매물 리스트를 A4 용지
에 옮겨 적던 참이었다.

강도는 그의 굽은 등을 한 차례, 꺼진 배를 두 차례 칼로
찔렀다. 바로 옆 미용실 주인이 9시쯤 퇴근을 하려고 셔터를
내리다가 유리문 밑으로 흘러나온 핏물을 보곤 부랴부랴 신
고했지만, 시신은 이미 차게 식어 있었다.

"강도의 칼에 찔려 죽다니요, 뭘 훔쳐 본 적도 없는 사람인
데요."

집으로 찾아와 사고 소식을 전하던 순경에게 배두이가 물
었을 때 그는 손짓으로 걸어야 할 방향을 알려 주며 말했다.

"죽는 일은 인과응보와 아무 상관이 없습니다. 사는 일이
나 그렇죠."

순경의 안내에 따라 사고 현장에 들르지 않고 곧장 병원의 영안실에 도착한 배두이는 '위와 같은 사실을 확인합니다.'라는 문장으로 끝나는 서류에 세 차례 서명을 하고 난 뒤, 수납 창구에서 돈을 치른 후 제 3호실 빈소를 얻었다. 고를 수 있는 선택지들 중에서 제일 작고 쌌다.

　상주라곤 그녀뿐이었고 조문객은 드물었다. 동네에 몇 명 남지 않은 이웃들이 다녀간 뒤로 그녀는 줄곧 모서리에 기대앉은 채 검은 치마에 묻은 먼지를 떼어 내며 적막한 첫날 밤을 견뎠다.

　잠시라도 장례식 진행과 절차에 대해 숙고할 여유가 있었더라면, 조만간 삶이 다하리라는 경고와 예보를 눈치채고 마음으로나마 장례 준비를 시작했더라면 빈소 따위에 돈을 치르진 않았을 것이다. 서둘러 이 허망한 죽음을 마무리 지었을 터였다. 일부러 자식을 낳지 않고 단출하게 살아온 부부에게 삼일장은 불필요한 예식에 가까웠다.

　'책상을 출입문과 마주 보게 두라고 누누이 일렀는데, 그랬다면 화장실에 달린 뒷문으로 잽싸게 도망칠 수 있었을 텐데.'

　한산한 장례식장에서 상주인 그녀가 할 일이라곤 사라진 남편의 가난한 가방을 되찾을 수 있기를, 늙은 공인중개사의 지갑을 뺏으려고 칼로 세 번이나 찌른 무자비한 범인이 잡히길 바라는 것과 혹 비보를 전해야 될 가까운 누군가를 잊지 않았을까 재차 떠올리는 것뿐이었다.

가까운 누군가가 필요할 때마다 동생 생각이 간절했다. 실종자 명단에 오른 지 몇 년째인 두오를 생각하면 남편의 죽음과 그로 인해 닥친 문제들은 희미해지고, 동생의 생사를 알지 못해 전전긍긍하던 밤들이 어제 일인 양 되살아났다.

두오는 살았을까?

죽었다면 왜 죽었을까?

살았다면 왜 안 돌아올까?

그러다 호재까지 떠올리면 두이는 참담했다. 부모의 품에서 자라질 못해 언제나 애틋한 조카였다. 이제 어엿한 성인인데도 미래의 안위를 장담할 수 없어 좌불안석하는 마음도 여전했다. 호재가 이제 몇 살이더라, 하나뿐인 조카의 나이를 어림짐작할 때마다 두이는 매번 불안하고 초조했다.

우리 부부가 호재를 얼마나 오래 키웠는데…….

이러지도 저러지도 못하고 두오와 호재 부녀를 번갈아 걱정하다 보면 끝엔 욕지기만 남았다. 두오 그 새끼. 이제 가족이라곤 저랑 나뿐인데. 호재 그년, 아무리 고모래도 저랑 나랑 붙어 산 세월이 얼마인데.

늘 그런 식이었다. 두오가 살아 있기만을 바라는 간절한 마음과 호재가 밥벌이 걱정 없이 안온하게 지내길 바라는 염려를 반복하다 보면 한 차례 욕이 쏟아지고 언제나 침묵만 남았다. 사는 꼴이 어쩜 이리 똑같은지, 두오와 호재를 걱정하는 자신마저 혼자가 되고 보니 어떤 기도도 무용하고 어떤 욕도 무감하게 느껴져 저절로 입을 꾹 다물게 되었다.

자정을 훌쩍 넘겼는데 수군대는 말소리와 슬리퍼를 끄는 발소리가 이어졌다. 두이는 빈소 구석에 모로 누운 채 지척에서 들려오는 소리들에 귀를 기울였다. 우는 소리인가 싶으면 웃는 소리였고, 웃는 소리인가 싶으면 우는 소리였다.

그이가 정말로 죽었단 말인가.

요를 깔지 않았는데 바닥이 따뜻했다. 두이는 곁에 남편이 누워 있기라도 한 것처럼 나무라는 투로 중얼거렸다.

거봐, 내가 그랬지. 열심히 살지 말자고.

다음 날 늦은 아침, 말미에 같은 문장이 적힌 서류에 또 서명을 하고 난 뒤 두이는 호재에게 연락하기로 마음을 굳혔다. 막상 연락을 하자니 근심이 앞섰다. 고모부가 죽은 걸 호재가 알면 실종된 제 아버지도 벌써 죽었을 거라 속단하지 않을까, 그러지 않아도 의지가지없는 호재에게 고모부가 어떻게 죽었는지를 들려주면 제 아버지처럼 불운한 내력에 짓눌리고 불길한 예감에 사로잡혀 스스로 불행의 주인공이 되길 자처하진 않을까, 아니면 기껏 나처럼 웃지도 울지도 않는 불능한 사람이 되진 않을까, 온갖 걱정이 이어졌다.

따지자면 근 5년 만에 거는 전화여서 용기와 구실이 필요했다. 구실은 이미 갖췄으니 용기만 내면 될 일이었다. 두이는 앉은 채로 엉금엉금 남편의 영정 앞으로 자리를 옮겼다. 향로에 향을 꽂고 불을 붙였다. 지그시 영정을 바라보다가 마침내 통화 버튼을 눌렀다.

"고모."

호재가 고모를 불렀다. 예전처럼 다정한 목소리여서 두이는 내심 안도했다.

"호재야."

두이가 호재를 불렀다.

"고모부가 죽었어."

한낮이었다. 막 정오를 지난 참인데 창문 하나 없는 빈소에 앉아 있다 보니 몇 시인지도 몰랐다. 모르긴 몰라도 밖은 아주 쨍하지 싶어 두이는 느닷없이 물었다.

"오늘 비 안 오지?"

"한겨울에 비 걱정을 하십니까?"

여전히 호재는 예전 같지 않았다. 모르는 사람에게 말을 하듯 극존칭을 썼다. 절로 한숨이 나왔다.

"요즘은 어째 겨울에도 비가 잦더라."

두이는 머쓱한 기분이 들었지만 호재야말로 남편의 비보를 반드시, 최우선으로 알려야 할 유일한 친족이었다. 헤아려 보면 호재도 얼추 서른이었다. 전화기 너머에서 들려오는 목소리도 제법 어른스러웠다. 불현듯 이맘때쯤 두오가 태어났다는 게 떠올랐다. 신정과 구정 사이, 눈이 푸지게 내리던 날이었다. 살아 있다면 두오도 곧 환갑이었다.

"내일 아침 발인이야. 와서 인사만이라도 하고 가."

윗사람에게 대답하듯 호재는 깍듯하게 네, 네, 대답했다. 말투로 봐선 아직 돌아올 마음이 없는 듯했다. 호재가 한탄인지 탄식인지 모를 숨을 길게 내쉬었다. 그러곤 고모부가 어떻게 죽었는지를 물었다. 두이는 짤막하게 설명했다. 더 길게 말하고 싶어도 자세히 아는 바가 없었다. 호재는 크게 놀란 모양인지 잠시 동안 아무 말도 없었다.

"건강하실 줄 알았습니다."

두이는 다급하게 호재의 말을 정정해 주려다 말았다. 돌이켜 보면 호재가 집을 나간 뒤로 드문드문 연락을 하긴 했지만 그마저도 끊어진 지 오래였다. 무소식이 희소식이라는 흔해 빠진 말을 입에 달고 살았다. 이제 와서 우리는 한 계절도 건강한 적 없었다고 말하는 게 무슨 소용이란 말인가.

남들은 예사로 60부터 청춘이라지만 예순을 넘기고 나서부터는 10년 후를 상상하기 어려웠다. 호재에게 미안할 정도로 오래오래 살 자신이 없었다. 나날이 앙상해져 가는 허벅지를 어루만지며 두이는 잠자코 호재의 다음 말을 기다렸다.

"고모,"

호재가 나지막이 고모를 불렀다.

"안 우십니까?"

"고모는 안 울어."

호재는 장례식장의 위치를 묻고는 멀지 않은 곳에 있으니 금방 가겠다는 말을 하고선 전화를 끊었다. 고모는 안 울어, 고모는 안 울어. 두이는 핸드폰을 손에 쥐고선 그 말을 여러 번 되뇌었다. 오랜만에 호재의 목소리를 들은 탓인지, 지체 없이 오겠다는 말 때문인지 지난 시간들이 돌연 눈앞을 스쳤다. 두이는 벽에 등을 기댄 채 가슴 한가운데를 문지르고 문질렀다. 예감한 불행을 겪을 때마다 정도와 시기의 차이는 있을지언정 누구나 겪는 일이라고 받아들이면서 당연하고 자연스러운 일로 간주했다. 절대로 두오가 끌어들인 불행이 아니라고 치부했다. 그러면 다음에 닥칠 불행이 뻔히 눈에 보여도 견뎌졌다.

어머니가 죽었을 때는 아버지의 죽음을 보았으며, 아버지가 죽었을 때는 다음엔 내 차례겠구나, 생각했다. 아버지보다 어머니가 먼저 세상을 뜰 것이라는 추측이 들어맞고, 언제라도 두오가 치명적인 해코지를 당할까 조마조마하던 불안도 적중했다. 그 순서를 헤아리다 보면 온몸의 털이 곤두설 정도로 무섭고 두려웠다. 두오의 잘못을 염두에 두지 않을수록 다가올 죽음의 모습은 무시무시하고 살벌했다.

예견했던 일들이 차근차근 이루어지고 이제 남은 차례는 나뿐임을 인정하고부터는 아예 체념했다. 때때로 지겨운 마음에 얼른 죽었으면 하고 바라기도 했다. 두오가 사라지기 전까지는, 분명 섬찟섬찟 무서운 죽음마저 쉬워 보였다.

두오의 택시가 부산 어느 항에서 앞문 뒷문 할 것 없이 모두 활짝 열린 채 발견되었을 때, 호재는 스물한 살이었다. 고모, 아버지가 없어졌습니다, 하던 호재는 울고 있었다. 명치 언저리가 몹시 뻐근해서 이러다 그만 숨통이 빠개질 것 같아서 두이는 가슴팍을 연신 쓸어내렸다. 눈물은 흐르지 않았다. 흉통이랄 것도 없이 그저 무거웠다. 곧장 가슴팍이 무너져 내릴 것처럼, 갈비뼈가 주저앉을 것처럼 무겁디무거웠다. 돌이켜 보면 그날도 누구 하나 울지 않았다.

2

한때 호재는 두이의 집에서 살았다. 초등학교 3학년이던 열 살부터 고등학교를 졸업하던 스무 살까지, 근 10년 동안 두이 부부와 함께 모래내의 목욕탕 뒷집에 살았다. 붉은 벽돌로 지은 4층 연립주택의 1층 집이었다. 한낮이면 목욕탕의 높다란 굴뚝이 만드는 기다란 그림자가 좁은 거실 한가운데를 가로질렀다. 해가 기우는 동안 그림자도 서서히 자리를 옮겨 저녁 무렵이면 텔레비전이 놓인 장식장의 뒤쪽 벽에 사선으로 누웠다. 그건 온종일 하루도 빠짐없이 그 집의 중심부를 기다랗게 긋는 그늘이었다.

처음에 호재는 그림자를 친구처럼 따라다녔다. 조금 자라서는 그림자를 피해 앉았다. 간간이 찾아오는 아버지와 드문드문 연락하는 어머니 모두에게 시큰둥해질 만큼 다 자란 후에는 갑갑할 때마다 1층 베란다에 서서 목욕탕의 굴뚝을 올려다보며 저걸 부서뜨려야지, 저걸 무너뜨려야지 하며 이를 갈았다.

호재를 집에 데려온 첫날, 두이는 굴뚝을 가리키며 저것만 찾으면 된다고 단단히 일렀다. 호재가 길을 잃을까 봐 개중 눈에 확 띄는 이정표를 알려 준 셈인데 한밤중에 호재가 올려다본 그것은 끄트머리에 그려진 불꽃의 암시와는 정반대로 홀쭉하게 기다랗고, 칙칙하게 어둡기만 해서 을씨년스러웠다. 무서워요, 고모. 호재는 잔뜩 겁에 질려 고모의 뒤에 바짝 붙어 걸었다. 두이는 호재의 작은 손을 꼭 그러쥐고 깊숙한 뒷길로 이끌었다. 인적이 드문 좁다란 골목이었다. 길고양이들이 눈을 빛내며 잔뜩 움츠러든 호재를 지켜봤다.

"혼자 집에 오다가 무서우면 고모 불러. 고모가 항상 창문 열어 놓을게. 호재 목소리 잘 들리게."

호재의 부모가 벼르고 벼르던 이혼을 한 날이었다. 두 사람 중 누구도 집으로 귀가하지 않았다. 호재보다 먼저 두오의 이혼 사실을 알았던 두이가 호재의 집을 찾았다. 이미 해가 기운 뒤였다.

"오늘부터 고모랑 살자, 책가방만 챙겨서 가자."

호재가 고모와 살 채비를 마칠 때까지 두이는 현관에 우두커니 서서 기다렸다. 호재는 순순히 짐을 챙겼다. 고모가 누구의 동의도 없이 자기를 데려가는 일이 어째서 가능한지 호재는 모르지 않았다. 자신이 얼마나 무심하게 방치된 채 자라는 중인지 이미 잘 알았다. 부모의 방임과 부재를 숨기는 데 급급해서 가당치 않게 뻐기며 다니던 호재였지만 슬슬 지쳐 가던 참이었다. 용돈이라도 제때 받았더라면 버텨 내기가 훨씬 수월했을 텐데, 때맞춰 수업 준비물을 마련하는 일조차 버거웠다. 밖으로만 나도는 부모 밑에서 살아갈 자신감이 빠르게 바닥나던 차에, 고모는 때마침 등장한 유일한 보호자였다. 생판 모르는 남의 자식으로 살아가기는 더더욱 싫었는데 고모가 나를 맡아서 천만다행이라고, 호재는 안도했다.

길이 서서히 가팔라질 무렵 고모부가 사각팬티 바람으로

담배 쥔 손을 흔들며 다가와 물었다.

"소주는?"

"집에."

말이 떨어지기 무섭게 고모부는 집으로 내달렸다. 술이라면 질색하던 호재가 두이를 올려다보았다.

"쟨 술만 마셔. 딴 건 지독히 안 해."

호재가 지낼 방은 현관 바로 옆이었다. 쌀가마니들이 창문 아래 나란히 서 있고, 구석에는 호재만 한 장독대들이 줄줄이 놓여 있었다. 전부 말린 채소들을 보관하는 용도였다. 한쪽에는 새것으로 보이는 공책과 연필 들이 놓인 좌식 책상이 있고, 반으로 접은 이불과 요 위에는 흰색 베개가 가지런했다.

호재가 방 구경을 마치고 나오자 고모부는 거실 바닥에 쟁반을 두고 구부정하게 앉아 술병을 기울이는 중이었다. 벽에 기대앉은 두이가 집 안을 더 둘러봐도 된다는 듯 고갯짓을 했다. 호재는 눈대중으로 거실을 대강 살펴보았다. 낮은 장식장 위에는 TV가, 맞은편에는 방석들이 흩어져 있긴 해도 워낙 간소한 살림이라 깔끔했다.

호재는 방석을 끌어당겨 두이 옆에 앉았다. 두이가 호재의 어깨에서 책가방을 벗긴 다음 지퍼를 열었다. 양말과 속옷이 각각 세 벌씩 들어 있는 걸 보고, 열 살이 야무진 데가 있다 칭찬하자 아무래도 여자애는 다르다, 고모부가 응수했다. 구겨진 속옷이 반듯하게 펴지도록 쫘악 늘이면서 두이가 말했다.

"호재는 아무도 안 닮았거든."

다음 날 아침 호재는 두이와 함께 등굣길을 나섰다. 시장 건너편에서 버스를 타고 신촌 백화점 앞에서 내린 뒤 남산으로 가는 버스를 타고 가면 학교였다. 집에 올 때는 반대의 수순으로 버스를 타고 시장 앞 정류장에서 내려서는 드문드문 선 가로등을 따라 목욕탕 뒷길을 걸었다.

9월부터 호재는 혼자 학교에 갔다가 스스럼없이 두이의 집으로 돌아왔다. 당장 전학 수속을 밟지 못해 두 시간 남짓 걸리는 등하굣길을 혼자 다녔다. 그사이 호재의 부모에게선 아무 연락이 없었다. 그들이 어디에 있는지조차 호재는 몰랐다.

한 달이 지났지만 호재는 여전히 목욕탕 뒷길을 혼자 걸을라치면 덜컥 겁부터 났다. 굴뚝 한가운데가 뚝 부러져 나를 덮치진 않을까, 가로등 아래 놓인 검은 봉지 속에 살아 있는 것이 웅크리고 있다가 홱 달려들진 않을까, 목욕탕 뒷벽의 잿빛 대리석들이 정수리 위로 우수수 떨어져 내리진 않을까, 마주 오고 있는 육중한 사람이 나를 끌고 가서 잘근잘근 씹어 먹진 않을까. 그런 생각이 저절로 들어서 종종걸음으로 내달리곤 했다. 그 좁고 그늘진 길을 걸으려면 호기로운 주문이 필요했다.

"나는 혼자가 아니다. 나는 잘못한 게 없다. 나는 나쁜 아이가 아니다……."

하루 동안 해코지를 당할 만한 짓을 한 적 없고, 빼앗길 만한 그 무엇도 가지지 못했음을 되뇌다 보면 호재는 노상 두려움이 따라오는 자신의 삶을 그럭저럭 부정하면서 수긍했다. 하루 일과를 마치고 숨 가쁘게 달려 집에 당도하면 아주 대단한 일을 완수한 듯한 만족감이 들어서 때때로 뿌듯하기까지 했다.

11월 중순이 되자 등하굣길의 풍경이 차츰 달라졌다. 해는 느지막이 떠서 빨리 기울었다. 굴뚝 위로 치솟는 연기는 나날이 짙어졌다. 기다란 그림자가 집을 횡단하며 머무는 시간도 퍽 짧아졌다. 고모부의 퇴근도 빨라져서 뉴스 대신 일일 드라마의 배우들에게 주절주절 떠들기 시작했다.

밤은 일찌감치 깊어졌고 호재는 그동안 밀린 잠을 몰아 자듯 저녁을 먹곤 곧장 드러눕기 일쑤였다. 아침에는 간신히 일어나 허둥지둥 집을 나섰다. 어느 날은 책가방을 두고 나서는 바람에 고모가 맨발로 뒤쫓아 온 적도 있었다. 한동안 버스 번호를 외우지 못해 정류장에서 차도 쪽으로 한 발짝 나아가 고개를 빼꼼 내밀고는 지나가는 버스의 번호판을 일일이 확인했다. 그래야만 마음이 놓였는데 더는 그러지 않았다. 버스

를 타는 일이 슬슬 몸에 배고 생소했던 길도 눈에 퍽 익어서
운 좋게 좌석에 앉으면 꾸벅꾸벅 조는 일이 허다했다. 기온은
빠르게 떨어졌지만 나른하고 평온한 날들이었다.

3

　금요일 6교시 수학 시간이었다. 호재의 담임은 2학기 내내
걸핏하면 불퉁거리고 시답잖은 일에도 불쾌한 기색을 드러냈
다. 여름방학이 끝나자마자 실시된 설문 조사에서 담임이 꼴
찌를 했기 때문이라는 소문이 돌았다. 누가 4학년 담임을 맡
으면 좋겠는지를 묻는 조사였는데 그 이후부터 담임은 자주
얼굴을 붉히며 수업 시간에 사칙연산의 중요성을 운운했다.
더하기 빼기를 제대로 못하면 인정머리 없는 덜된 인간으로
자랄 것이다, 담임이 주로 하는 말이었다. 덜된 놈들은 애당초
수학을 잘할 수 없고, 수학을 못하는 놈들이 성공할 리 없다
는 게 그의 지론이었다. 기브 앤 테이크, 수학은 결국 받은 만
큼 주는 것에 대한 가르침이다. 담임은 하루가 멀다 하고 목
소리를 높였다.
　수업 종이 울리자마자 담임은 2학기 수행평가 날짜를 공지
하고 또 기본을 운운하다가 대뜸 박영도를 호명했다.

"영도, 박영도."

영도는 반에서 꼴찌였다. 담임은 뒷짐을 지고 교탁 옆에 두 다리를 벌리고 서서 쭈뼛쭈뼛하는 영도에게 큰 소리로 물었다.

"8 곱하기 9는?"

영도가 엉거주춤한 자세로 서서 주위를 둘러봤다. 문제의 난이도와 상관없이 아이들은 숨을 죽였다. 너나없이 모두 고개를 푹 숙이고 영도의 대답을 기다렸다. 담임은 책상 사이를 천천히 걸어 영도의 곁으로 다가갔다. 영도가 더듬거리며 72라고 대답했다.

"앉아."

담임은 곧장 수미의 이름을 불렀다. 수미는 영도보다 수학만 못했다.

"오수미, 7 곱하기 6은?"

담임은 1열 창가의 맨 뒷자리에 앉은 수미를 향해 저벅저벅 걸었다. 수미가 막힘없이 대답하는 소리가 들렸다.

"48요."

일순간 교실 안이 얼어붙었다.

"나가."

호재는 책상 서랍에 두 손을 집어넣은 채 바짝 굳어 있었다. 책상 서랍 안을 뒤지면 힌트가 될 만한 무언가가 손에 잡힐 것 같은데, 더 움직이기가 무서웠다.

"복도에 무릎 꿇고 앉아 있어."

수미가 의자에서 일어나 뒷문으로 향하자 뒷줄에 앉은 아이들이 의자를 당기는 소리가 들렸다.

"호재, 배호재."

호재는 대체로 영도보다는 공부를 잘했지만 수미보다는 못하는 편이었다.

"팔팔은?"

그새 담임은 호재 옆에 서서 두 눈을 치켜뜨곤 호재의 정수리를 내려다보았다.

"팔팔은."

호재가 능장을 부리며 일어서자 담임은 뒷짐 진 손을 풀고 팔짱을 꼈다.

"너도 나갈래?"

담임이 채근했다. 그토록 달달 외우던 걸 왜 말 못 하는지, 호재는 입술을 달싹이며 속으로 구구단을 외웠다. 이미 글렀다는 걸 알았지만 달리 어쩔 도리가 없었다.

"나가. 끝날 때까지 못 들어와."

담임이 더 기다려 주지 않아서 호재는 차라리 후련했다. 더 서 있다가는 되는대로 아무 숫자나 뱉어 버릴 것 같았다. 틀린 대답을 하지 않았으니 도리어 다행이었다. 뒤돌아서자 얼굴이 벌게진 영도가 보였다. 금방이라도 울음을 터뜨릴 것 같은 표정이었다. 옳은 답을 말하고도 잔뜩 주눅 든 영도를 보면서 호재는 후회했다. 지난 설문 조사에서 호재는 담임의 이름을 적었다. 그땐 반드시 그래야 되는 줄로만 알았는데, 지금 생각해 보니 그건 옳은 답이 아니었다. 빈칸을 그렇게 채워서는 안 되는 거였다.

복도에는 한기가 감돌았다. 호재는 수미 곁에 무릎을 꿇고 앉았다. 나란히 앉아 시린 무릎을 감싸 쥐고 둘은 서로에게 계속 물었다. 9 곱하기 6은? 8 곱하기 5는? 4 곱하기 7은? 둘 중 누구도 틀린 답을 내놓지 않았다. 호재는 구구단을 모르지 않았다. 수미도 마찬가지였다. 다만 영도의 이름이 불릴 때 수미는 다음 차례가 자신임을 알았고, 수미의 이름이 불릴 때 호재는 수미 다음이 자신이라는 걸 직감했다.

옳은 답을 했어도 결과는 뻔했다. 영도를 보면 정말 그랬다. 담임은 셋의 이름을 차례차례 부르면서 확신했다. 부진한 학습 결과는 부실한 기초 능력 때문이고 열등한 아이의 미래는 보잘것없는 신세에 불과할 텐데, 그 별 볼 일 없는 삶의 예시이자 주인공이 영도와 수미 그리고 호재임을, 오차가 있을 가능성은 제로에 가까울 것임을 오늘도 입증했다.

사칙연산으로는 어떤 희망 지수도 산출이 불가능했다. 대신 담임은 아이의 미래를 점치는 능력과 경력을 곱셈하면서 자신의 위치를 꾸준히 치켜세웠다. 무엇보다 담임은 수학 성적이 평균 이하인 학생들을 믿지 않았다. 인간적으로 못 미더워했다.

"구구단을 외우기만 하는 애들은 기브 앤 테이크, 테이크 앤 기브를 모른다니까. 끝까지 0이 안 된다니까."

6교시가 끝나자마자 호재는 책가방을 둘러멨다. 특별 활동 시간이 남았으나 더는 학교에 있기 싫었다. 내가 얼마나 추위에 시달렸는지 그게 얼마나 위험한 일인지, 호재는 담임이 알기를 바랐다. 담임은 양호실에 가라고만 할 뿐 호재가 하는 말에는 시큰둥했다. 아무래도 호재는 내년에 전학할 아이라서 담임에겐 관심 밖이었다.

"좀 반듯하게 서서 말할 순 없겠니?"

담임은 엉뚱한 트집을 잡았다. 호재는 점점 불쾌했다. 담임이 무슨 생각을 하는지 그 속이 훤히 들여다보였다. 나를 꾸짖고 훈육하는 일을 떠넘길 데가 없으니 혼내는 재미도 없겠지. 그렇게 생각하니 담임이 무섭지 않았다.

이대로 4분단 셋째 줄로 돌아가긴 죽기보다 싫었다. 교실 밖으로 내쫓을 때는 언제고 그러거나 말거나 네 맘대로 하라는 식으로 응수하는 담임을 보자 호재는 자신이 혼자나 다

름없고, 누구나 어른이 되면 다 혼자가 될 텐데, 그렇게 보자면 나는 미래를 앞당겨 살고 있는 것이나 마찬가지라는 생각을 했다. 그 생각 뒤로 '그는 너무 크고 나는 너무 작아'라는 자조가, '어떤 사람은 미래 대신 과거를 끌어다가 쓰지'라는 우롱이, '나는 보기보다 야무지고 똑똑한 아이'라는 자만이 차례차례 생겨났다.

그러는 지는 뭐 잘났나, 그런 의심이 처음 들끓어 올랐다. 한 사람의 미래를 가늠하면서 고작 사칙연산만으로 계산하는 담임이야말로 시간의 사칙연산을 거스르는 오답이자 오차의 예시였다.

"넌 왜 이렇게 삐뚜름하냐. 제발 똑바로 서라."

담임이 호재의 등짝을 가볍게 내리치며 나무랐다. 굳이 여기 똑바로 서 있을 필요는 없지, 호재는 곧장 하교했다.

4

백화점 출입문이 열릴 때마다 갓 구운 빵 냄새가 물씬 풍겼다. 불과 몇 시간 전만 해도 호재는 자신이 이전과 얼마나 달라졌는지 몰랐다. 하지만 지금 정류장에 앉아 두 발을 까닥거리며 근처를 오가는 사람들을 바라보고 있으니 확실하게 알 수 있었다. 여름을 지나오는 동안 얼마나 키가 자랐는지 스스로 잴 순 없어도 예전보다 똑똑해졌음은 분명했다. 누군가의 말을 거스르는 순간, 놀랍도록 명징한 진실이 내 안에 생겨나는 걸 이제 막 겪었기 때문인지도 몰랐다. 잘못은 내게 있지 않다, 그것은 명백한 진실이었다.

군침 도는 냄새를 따라 백화점으로 향했다. 종종 엄마와 들렀던 곳이라 호재는 혼잡한 지하 1층으로 거침없이 향했다. 어쩌면 엄마를 마주칠 수도 있겠다 싶었다. 엄마도 어딘가에서 살고 있을 테고 그러려면 늘 그래 왔듯 장을 보고 요리를 하고 식탁에 앉아 절대로 실행하지 않을 일들을 스스로에게 물어봐야 할 테니까. 이를테면 이런 질문들.

호재야, 우리 아이스크림 끓여 먹어 볼까. 과자를 전부 갈아서 반죽해 볼까. 그걸로 수제비도 끓여 먹고 부침개도 만들어 볼까. 사라다 먹을래? 과일 맛 사탕 사다가 마요네즈에 버무릴까. 그럼 맛있을까? 맛없어도 한 번만 먹어 볼까.

엄마가 식탁 앞에서 얼토당토않은 말을 할 때마다 호재의 대답은 간결했다.

그럼 나는 햄버거.

호재는 시식용 빵을 먹고 진열대에 놓인 과일들을 세고 아이스크림 냉장고 안을 들여다보고 주류 코너에 전시된 유리병 앞에 서서 뜻을 알 수 없는 라벨들을 읽었다. 냉동식품 코너에서 한때 즐겨 먹던 만두와 치킨너겟들을 느긋하게 살펴보고 즉석식품 코너에서 생소한 음식들의 이름을 익혔다. 주머니엔 차비뿐이었지만 먹을거리를 찬찬히 둘러보는 것만으로도 온전한 어른이 된 기분이었다.

다시 밖으로 나오자 공기가 써늘했다. 딴에는 너무 늦지 않으려고 신경을 곤두세웠는데 그새 밖은 어둑했다. 호재는 부랴부랴 정류장으로 달려갔다. 때마침 집으로 가는 버스가 섰다. 호재는 내리는 문 바로 옆 좌석에 앉았다. 밖이 차츰차츰 시커메지더니 호재의 얼굴만이 차창에 또렷했다. 익숙한 풍경이 보이기를 기다렸지만 가도 가도 캄캄했다. 아무래도 꽤 멀리 온 것 같았다. 어디쯤 온 거지? 창에 코를 박고 위치를 가늠할수록 진땀이 흘렀다.

버스가 멈춰 서자 사람들이 우르르 내렸다. 호재도 얼른 따라 내렸다. 내릴 곳을 지나쳤다는 생각에 버스가 지나왔던 길을 거슬러 걷기 시작했다.

머지않아 천변을 가로지르는 다리가 나타났다. 다리 밑으로 검은 물이 흘렀다. 처음 보는 물길이었다. 비린내와 썩은 내가 진동했다. 호재는 소매로 코를 가리고 걸음을 재촉했다. 곧이어 철길이 나타났다. 호재는 철길을 따라 뛰었다. 자갈이

깔린 길은 울퉁불퉁해서 좀처럼 속도가 붙지 않았다. 속도를 낼수록 등 뒤를 누가 잡아당기고 있는 것 같았다. 아무리 되돌아가 봤자 집이 보일 것 같지 않았다. 뒤를 돌아봐도 매한가지였다. 호재는 책가방을 앞으로 둘러메고 무작정 달리기 시작했다.

땀범벅이 되어 멈춰 선 곳은 처음 와 보는 번화가였다. 호재는 주위를 두리번거리며 길을 물어볼 만한 사람을 찾았다. 교차로의 횡단보도 앞에서 신호가 바뀌길 기다리고 있는 학생무리가 그나마 만만했다. 호재는 무리에서 떨어져 선 여학생에게 다가갔다.

"모래내 가려면 어디로 가요?"

여학생이 휘둥그레진 눈으로 호재를 내려다봤다.

"혼자 있어?"

"잘못 내렸어요."

"혼자서?"

"여기 어디예요?"

"거긴 왜 가게?"

"집에 가게요."

"택시 타."

"비싸요."

"같이 가 줄게."

"왜요?"

"왜라고 묻는 거, 굉장히 유감이다."

여학생이 손사래를 치며 택시를 세웠다. 뒷문을 열어 호재
를 먼저 태웠다.

"아저씨, 모래내요."

택시가 출발하자 여학생이 다시 물었다.

"모래내 어디?"

"목욕탕 있는 데."

"아저씨, 목욕탕 앞으로요."

여학생은 기사에게 목적지를 거듭 확인하곤 창문에 머리
를 기댔다. 호재도 여학생을 따라 차창에 이마를 댔다. 파출
소 앞을 지나가는데 가슴이 철렁했다. 불 켜진 파출소를 보면
항상 조마조마했다. 그 안에 아버지가 너부러져 있을 것 같아
서였다.

배두오 씨를 데려가시라는 연락을 받으면 엄마는 꼭 호재
를 대동했다. 네 아버지 하는 짓 잘 봐 둬라. 파출소든 호프집
이든 슈퍼든 아버지는 만만한 사람을 붙잡고 늘어져선 고함
을 질렀다. 이봐들, 나 좀 가자. 이제 그만 가자. 내가 좋냐, 좋
아서 이러냐. 무례하고 염치없이 구는 건 정작 자신인 줄 모
르고 아버지는 당당하게 요구했다. 나를 붙잡지 마라. 나는

여기 있을 사람 아니다.

　엄마는 파출소 밖에서 문 안을 들여다보며 호재에게 물었다. 아버지 잘 보이지? 잘 봤지? 그런 다음에야 호재를 문 앞에 세워 두고 혼자 들어갔다. 아버지가 기다렸다는 듯 벌컥 문을 열어젖혔다가 밖에 선 호재를 보고 물었다. 넌 여기 왜 있냐? 밖에서 호재를 만나면 아버지는 항상 그렇게 되물었다. 여기 왜 있어? 정작 호재가 묻고 싶은 말이었는데 아버지가 늘 선수를 쳤다. 아버지는 호재의 대답도 듣지 않고 자리를 떴다. 혹 아버지를 놓칠세라 호재는 졸래졸래 뒤따라갔다. 엄마가 따라잡을 때까지. 그게 아버지가 하는 짓을 잘 봐 둔 다음 호재가 할 일이었다.

　택시에서 내리자마자 두이가 보였다. 두이는 목욕탕 입간판 옆에 까치발을 하고 두리번거리는 중이었다.

　"엄마?"

　여학생이 물었다. 호재가 멋쩍게 웃자 여학생은 질색하며 뒷걸음질 쳤다.

　"얼른 도망가야겠다, 잘 가."

　호재는 곧장 두이에게 달려갔다. 두이가 알아보고 마주 달려왔다.

　"버스 잘못 탔어."

"그런데 어떻게 왔어?"

"버스 다시 탔어."

두이가 호재를 번쩍 들어 올려 얼굴을 부비며 속삭였다.

"야무진 호재."

두이는 호재의 손을 잡고 목욕탕으로 갔다. 계산대를 지키고 있던 주인아줌마가 두 사람을 알아보고 아는 체를 했다.

"우리 아저씨 이제 나오라고 해요."

두이의 말이 떨어지자마자 아줌마가 마이크에 대고 외쳤다.

"두이네 아저씨, 두이네 왔어요. 이제 집으로 가세요."

곧이어 남탕 문이 반쯤 열리더니 고모부가 상반신을 죽 내밀었다. 젖은 머리에서 풀풀 김이 피어올랐다.

"머리 얼기 전에 뛰자."

고모부가 소리치며 달려 나갔다. 질세라 두이와 호재가 헉헉대며 뒤쫓았다. 고모부의 슬리퍼가 바닥을 때리는 소리가 크게 울려 퍼졌다. 동네 개들이 날카롭게 짖어 댔다. 고모부는 개 짖는 소리를 흉내 내며 두 팔을 크게 휘둘렀다.

"이러면 조금 더 빨라져. 따라 해, 나 따라 해."

여느 저녁처럼 세 사람은 조그만 밥상에 둘러앉아 밥을 먹고 거실 벽에 기대어 앉아 뉴스를 시청했다. 뉴스가 끝날 즈음 두이가 호재의 손등을 톡톡 두드렸다.

"항상 조심해. 집으로 가는 길은 늘 복잡하거든."

오늘 있었던 일을 고모가 다 알고 하는 소리인 것만 같아 호재는 흠칫했다. 다른 한편으로는 너에겐 이 집 말고 다른 집이 있다는 뜻 같기도 해서 괜스레 서먹했다.

"아직은 다른 데 마음을 뺏겨선 안 돼."

뉴스가 끝나자 고모부는 냉장고에서 먹다 남은 소주병과 참치 캔을 꺼내 바닥에 두고 먹기 시작했다.

"뒷북치는 소리."

그는 금세 취해 아나운서에게 삿대질을 하며 한심해했다.

"듣기 좋은 소리"

귀를 후비면서 같잖아했다. 그러고는 한참 동안 애먼 사람에게 주사를 부리다가 갑자기 홱 뒤돌아보았다.

"호재는 역시 호재라."

엄지를 들어 보이며 호재를 치켜세웠다.

호재는 그날을 이렇게 기억하고 있다. 스스로 제 갈 길을 선택할 수 있을 만큼 자랐다는 걸 깨우치자마자 여전히 길을 잃을 만큼 어리다는 걸 확인한 날. 어떤 사람은 호의와 선행을 베풀고도 도망치고 싶을 만큼 부끄러워한다는 사실을 알게 된 날. 무엇보다 호재라는 이름이 꽤 그럴싸한 뜻을 가졌다는 걸 알게 된 날. 갈피를 잡을 수 없는 복잡한 길 위에서 행운을 불러들이는 이름, 아버지가 지었다는 이름.

아버지는 내가 얼마나 행복해지길 바랐기에 그런 이름을 지어 줬을까, 아무리 생각해 봐도 너무 거창한 이름이다 싶고 아버지가 자신에게 주문과도 같은 이름을 지어 주면서 행복과 기대를 걸었다는 게 도저히 믿기지 않던 그런 날. 처음으로 나는 언젠가 행복하겠구나, 라는 믿음을 갖게 된 날.

2부

우연히

불행한 거라면

1

　호재를 기다리는 동안 두이는 일곱 살 터울인 두오가 태어나던 날을 차근차근 떠올려 보았다. 1961년 2월 첫날이었다. 내내 하늘이 꾸물꾸물했다. 아침부터 배앓이를 하던 어머니는 오후 늦게야 창고 옆에 딸린 바깥채에 요를 깔고 누웠다. 종일 어머니의 안색을 살피며 노심초사하던 두이는 어머니가 커다란 배를 감싸 안고 기어들다시피 한 방문 앞에 섰다. 창호지를 겹겹이 바른 문짝은 오래 닫아 둔 탓에 단번에 열리지 않았다. 두이는 콧물을 훌쩍이며 있는 힘껏 문고리를 잡아당겼다. 어머니는 삐쩍 마른 두 다리를 세우고 고개를 외로

틀며 외쳤다.

"울지 마. 울 거면 교회 가서 울어."

놀란 나머지 두이는 벗던 신발을 다시 신으며 물러섰다.

"추운 거예요."

두이는 문짝을 잡고 서서 울지 않는 체했다.

"바람 들어온다."

"문 닫을까요?"

"얼른 할머니 모시고 와."

지난봄 온다는 기별도 없이 아버지가 돌아왔다. 마루에 앉아 작년에 받아 둔 호박씨를 고르던 두이가 제일 먼저 그를 맞닥뜨렸다. 아버지는 살이 붙어 두둑해진 배를 내밀고 뙤약볕이 비치는 마당 안으로 성큼 들어섰다. 근 몇 년째 집엔 코빼기도 비치지 않고 가끔 우편으로 목돈을 부치는 게 다였던지라, 두이에게 아버지는 생면부지나 마찬가지였다.

그는 마당 한가운데 서서 셔츠 주머니를 뒤적거리더니 담배를 꺼냈다. 불을 붙이면서 집 안쪽을 두루 살펴보는 태도가 영 거만했다. 집은 일자 모양이라서 좌우로 살펴볼 것 없이 한눈에도 훤히 보였다. 낮은 기와지붕 아래 부엌과 맞붙은 안방과 섬돌을 딛고 오를 수 있는 마루, 그 옆에 딸린 작은 방으로 이루어진 구조였다. 부엌으로 통하는 나무 문짝 앞에 수도가 있고 그 건너에 외양간이 있었다. 아버지가 집을 비운 동안 외양간은 창고로 쓰였지만 벽 곳곳에 소똥이 덕지덕지 말라붙어 있었다. 두이는 벌떡 일어서서 허리에 두 손을 얹고 낯선 방문객을 노려보았다.

"아저씨!"

두이가 앙칼지게 외쳤다. 때마침 어머니가 인기척을 듣고 젖은 손을 탈탈 털면서 부엌에서 나왔다.

"쟤는 누구?"

그가 손가락으로 두이를 가리키며 물었다.

"직접 물어봐요."

쏘아붙이고 어머니는 부엌으로 돌아갔다. 그는 헛기침을 하며 마당을 왔다 갔다 하더니 의심쩍은 투로 혼잣말을 했다.

"그새 집이 줄어들었나?"

그러고선 대뜸 두이에게 물었다.

"내가 누구게?"

"아버지?"

먼 데 있던 아버지는 두이가 상상한 모습과는 영 딴판이었다. 무릎이 불거진 쥐색 코듀로이 바지는 계절에 맞지 않아 더워 보였고, 소매를 둘둘 걷어 올린 셔츠는 윗단추 두 개가 떨어진 상태였다. 가방도 하나 없이 빈손이었다. 사업이 하도 잘되어서 당최 집에 들를 짬이 나지 않는다더니, 후줄근한 차림의 빈털터리 행색이었다.

두이는 두고두고 그날을 잊지 않았다. 자식이라고는 하나뿐이었으니 집 안에서 노니는 어린애를 보면 으레 제 자식인 줄 짐작했을 텐데, 들으라는 듯 누구냐고 묻고 보라는 듯 손가락질하는 저의는 뻔했다. 무조건 내 말에 따를 것. 내가 없어도 나를 기억할 것.

2

아버지가 돌아온 직후, 꼬장꼬장한 할머니가 당연하다는 듯 이부자리를 작은방으로 옮겼다. 할 수 없이 두이는 할머니와 한방을 썼다. 부지불식중에 엄마를 빼앗기고 손쓸 길 없이 할머니에게 떠넘겨진 꼴이었다.

원래 안방은 할머니가 혼자 기거하던 곳이었다. 어머니는 아궁이 앞에서 밥을 짓고 풍로에 국을 끓여 삼시 세끼 밥상을 차렸다. 안방과 부엌을 가르는 벽 아래쪽에 조그맣게 뚫은 문으로 밥상이 드나들었다. 할머니는 작은 문으로 밥상을 받았다가 빈 밥상을 내보냈다. 두이는 마루에 걸터앉아 어머니와 단둘이 따로 밥을 먹었다. 때때로 할머니는 일찌감치 식사를 마치고 안방 문틀에 양반다리를 하고 앉아 두이 모녀가 밥 먹는 모습을 지켜보았다. "애비는 어디 딴살림이라도 차린 모양이다." 어머니의 속을 뒤집더니 언제부터는 "어디 외지에서 마음 맞는 여자랑 자식 놓고 사나 보다, 그러니 연락 끊고 사는 게지."라며 두이의 속까지 뒤집어 놓았다.

안방은 아버지와 어머니의 차지가 되었지만 식사 때는 할머니와 아버지가 안방에, 어머니와 두이는 마루에서 밥을 먹었다. 날이 쌀쌀해지면서부터 두이와 어머니는 부뚜막에 걸터앉아 식사를 했다. 밥을 먹는 동안에도 수시로 밥상이 드나드는 작은 문이 홱홱 열렸다. 기다린 팔이 쭉 뻗어 나와 빈 접시를 내밀면 어머니는 수저를 놓고 일어서서 반찬을 새로 퍼서 담았다. 아버지의 것이 틀림없는 두꺼운 팔이 손가락을 까닥이며 접시가 채워지길 기다리는 동안 어머니는 솟구치는 트림을 참지 못해 꺽꺽댔다. 눈 밑이 거무튀튀해지고 입술은 물기라곤 없어 병색이 완연했다.

저녁상을 치우고 나면 두이는 할머니의 성화에 못 이겨 마지못해 안방에 이불을 깔았다. 낑낑거리며 옷장 안에서 두툼한 솜이불을 끌어내어 방바닥에 깔았다. 베개 두 개를 나란히 놓아 두고서야 할머니와 지내는 건넌방으로 살금살금 걸었다.

"원앙금침으로 깔았냐?"

할머니는 마른 입술을 달싹이며 물었다.

"베개는 바짝 붙였고?"

두이는 성가신 표정으로 그렇다고 대답하면서 벌렁 누웠다. 할머니는 지독한 골초였다. 담배 연기로 가득 찬 방에서 두이는 이불을 머리끝까지 뒤집어쓰고 할머니가 이제 불 꺼라, 할 때까지 켁켁 기침을 했다. 잠결에 이불을 들추며 몸을 뒤집을 때에도 담배 냄새가 콧속으로 훅 끼쳤다. 번번이 잠을 설쳤다.

"죽은 듯이 자. 그래야 얼른 누나 되지."

두이의 작은 기척에도 할머니는 낮은 목소리로 나무랐다. 두이는 누나가 되고 싶단 생각을 해 본 적 없었다. 그저 아랫집 사는 오씨네 맏딸이 부러워서 그녀의 동생이 되고 싶다고 바란 적은 더러 있었다. 숱 많은 머리카락을 기다랗게 땋고 다니는 언니가 있으면, 아침마다 언니가 자신의 머리칼도 촘촘하게 땋아 줄 것 같아서였지, 다른 이유는 없었다.

할머니는 벌써 부엌 아궁이 앞에서 장작을 넣는 중이었다. 가마솥에서 물이 펄펄 끓어올랐다. 어머니가 누운 바깥채의 아궁이에도 장작불이 이글이글 불타올랐다.

"어머니가 저 방에 있어요."

부엌 한켠에 높다랗게 쌓아 둔 장작을 바닥에 내려놓으며 할머니가 물었다.

"아프대?"

두이가 고개를 크게 끄덕이며 울상을 지었다.

"불 꺼지지 않게 계속 장작을 넣도록 해."

가위와 수건을 담은 대야를 챙겨 나서며 할머니는 두이에게 신신당부했다. 두이가 눈밑을 훔치며 할머니의 뒤를 따라 나섰다. 바깥채의 아궁이 앞에 앉자마자 할머니는 허리춤에서 담배를 꺼내 물었다.

바람 한 점 불지 않는 저녁이었다. 두이는 할머니에게 묻고 싶은 게 많았지만 꾹 참았다. 어머니의 목숨이 할머니에게 달린 것 같아 조심스러웠다. 할머니는 담배를 반쯤 피우다 말고 아궁이에 던졌다. 꽁초는 금세 사라졌고 불꽃은 더욱 활활 타올랐다. 할머니가 바가지로 끓는 물을 퍼다 대야에 담았다. 치맛자락을 허벅지 사이에 끼워 넣고 앉아 뜨거운 물에 손을 씻은 다음 가마솥에 가위를 던져 넣었다. 바가지에 남은 물을 마당에 끼얹자 꽁꽁 언 땅바닥에 실금이 죽죽 그였다.

"이따 부르거든 가위 건져 올려서 꼭 뜨거운 물에 담아 들고 오너라."

단단히 이르며 어머니가 누워 있는 방으로 들어갔다. 두이는 아궁이에 장작 서너 개를 집어넣고 후다닥 문 앞으로 자리를 옮겼다. 문 틈 새에 얼굴을 바짝 갖다 붙이고 방 안을 훔쳐보았다. 어머니는 치마를 가슴 언저리까지 걷어 올리고 두 다리를 높이 세운 자세로 누워 있었다.

"옳지!"

할머니가 외치자마자 어머니의 몸이 뒤로 홱 꺾였다. 어머니는 비명조차 내지 않고 연신 허리를 비틀었다. 일그러진 얼굴은 땀과 눈물에 젖어 번들거리고, 가느다란 목에는 붉은 힘줄이 툭툭 불거졌다. 아이고, 세상에. 비명과 고함을 내지르는 쪽은 어머니의 두 다리 사이에 쪼그리고 앉은 할머니였다. 할머니가 흐트러진 요를 바로 잡아당기자 어머니는 허리를 높이 들어 올리며 이불깃을 잡아 뜯었다. 어금니를 짓이기는 소리가 바드득바드득 들렸다. 어머니가 목을 빳빳하게 세우고 뾰족한 턱 끝이 가슴팍에 닿을 정도로 몸을 한껏 숙이자 엉덩이 아래 두껍게 깔린 수건들이 누렇게 젖어 들었다. 엄마, 하지 마요. 아무것도 하지 마요. 할머니 말은 듣지 마요. 두이는 조르듯이 빌었다.

갑자기 어머니가 벌떡 몸을 세우더니 할머니의 어깨를 붙잡았다. 끌려 들어가듯 할머니의 등이 크게 휘었다. 일순간 어머니의 주름진 얼굴이 반듯하게 펴지다가 이내 구겨졌다. 천장 위에 달린 알전구가 깜빡거렸다. 좁은 방이 어두워졌다 밝아지기를 반복하다 다시 환해졌다. 어머니는 고개를 옆으로 떨구며 젖은 몸을 부들부들 떨었다. 숨소리가 더욱 빨라졌다. 벌어진 잇새로 맑은 침이 주르륵 흘러내렸다. 할머니가 버둥거리는 어머니의 발목을 힘껏 움켜쥐곤 고함을 질렀다.

"대가리 보인다, 얼른 싸라, 싸!"

어머니는 바짝 마른 다리를 비틀며 애원하듯 외쳤다.

"그런 식으로 말하지 마세요."

"무슨 말?"

"똥이요, 똥."

할머니가 피식 웃으며 어머니의 두 다리를 번쩍 들어올렸다. 다리 사이로 갓난아기의 새카만 머리가 언뜻 비치더니 이내 쑥 빠져나왔다. 반질거리는 조그만 얼굴이 할머니의 담뱃진 찌든 손안에 푹 안겨 꼬물거렸다. 아기는 오만상을 찌푸리며 울음을 터뜨렸다. 할머니가 우는 아기를 들어 올려 살살이 살펴보았다. 두이는 휘둥그레진 눈으로 검푸른 아기의 몸을 넋 놓고 바라보았다. 아기의 울음소리가 점점 커졌다.

"두이야."

두이는 들킬세라 발끝을 세워 아궁이 쪽으로 쪼르르 달려갔다. 솥뚜껑을 열어 펄펄 끓는 김 사이로 얼굴을 들이밀고 바가지로 솥바닥을 긁었다. 뜨거운 물이 연신 옷자락에 튀었다. 두이는 펄쩍펄쩍 뛰면서 겨우 가위를 건져 올렸다. 대야에 뜨거운 물을 담아 가위와 수건을 푹 적셔 방 안으로 들이밀었다. 서늘한 밤공기가 열린 문틈 사이로 밀려들자 아기는 더욱 자지러지게 울었다. 그사이 어머니는 벽에 기대앉아 흐트러진 머리를 묶었다.

"이제는 내 아들이 더 낳자고 해도 낳지 마라. 아들은 하나로 충분할 거다."

어머니는 이마를 가리고 있던 머리카락을 뒤로 쓸어 넘기며 고개를 끄덕였다. 흰 머리카락이 절반이었다. 숱이 적은 반백의 머리를 땋아 돌돌 말아 묶은 어머니는 그해 마흔 살이었다.

할머니는 미리 꼬아 둔 실로 탯줄을 꽁꽁 묶어서는 여지없이 가윗날을 댔다. 두이의 두 눈이 휘둥그레졌다. 할머니는 아랑곳없이 피가 맺힌 탯줄을 똬리 모양으로 감은 뒤 흰 천에 둘둘 쌌다.

"뒤에 묻어라."

두이는 얼결에 할머니가 건네준 것을 두 손으로 받아 들었다. 미지근한 온기가 느껴지는가 싶더니 미미한 진동이 전해졌다. 가늘고 약한 맥이었지만 분명 살아 있었다. 두이는 꼼짝달싹 못 하고 차가운 손바닥에서 전해져 오는 희미한 맥박에 온 신경을 기울였다. 사르르 떠는 이것을 묻을 생각에 벌써 눈앞이 캄캄했다. 아무리 생각해도 산 것을 묻을 순 없었다.

어머니가 가쁜 숨을 고르며 아기의 이마를 손가락으로 쓰다듬었다. 아기의 관자놀이를 유심히 쳐다보니 푸르스름한 혈관이 발딱발딱 뛰었다. 두이가 어머니와 할머니의 눈치를 살피는 동안 손에 들고 있는 똬리의 맥박이 서서히 잦아들었다.

슬슬 등짝이 시려 왔다. 두이의 두 손이 파들파들 떨렸다. 손에 들고 있던 것은 더 이상 뛰지 않았다. 혹시나 싶어서 손가락을 세워 잇따라 건드려 봐도 아무 소용이 없었다. 죽은 게 틀림없었다. 두이는 새파랗게 질린 얼굴로 손에 든 것을 그러쥐었다.

"아직 치울 게 많다. 좀 더 기다려라."

할머니는 가윗날을 수건에 슥슥 닦으며 두이를 불렀다. 말을 마치기 무섭게 할머니가 어머니의 배 위에 올라탔다. 어머니가 할머니의 등을 움켜쥐었다. 할머니는 우악스레 어머니의 배를 꾹꾹 내리누르며 밑으로 쓸어내렸다. 지켜보던 두이의 아랫배마저 꿀렁거릴 만큼 무지막지했다. 울 어머니 배 속을 통째로 빼내려고 저러나. 더 했다가는 우리 어머니 죽겠다 싶은 참에 거무죽죽한 태반이 물컹 빠져나왔다. 할머니는 아까처럼 그것을 면포로 둘둘 감싸고는 두이에게 건넸다.

"같이 묻어."

그것마저도 두이의 눈에는 벌떡거리는 것 같았다. 놀란 두이가 쓰러지듯 고꾸라지며 어머니의 두 발을 끌어안았다. 아프다, 아파. 어머니가 발을 빼내며 허덕였다. 할머니가 엎드린 두이를 잡아당겨서는 문 앞으로 도로 밀어냈다. 그러고는 재바르게 어지러운 방 안을 정리하기 시작했다. 이불보를 벗겨

내고 더러워진 수건과 가위를 대야에 던져 넣으며 희한하다, 희한해, 중얼거렸다.

"애가 몸은 가벼운데 머리숱이 돌배기다. 머리만 다 큰 애처럼 났다."

할머니가 막 울음을 그친 아기의 얼굴을 들여다보며 말했다.

"배 속에서부터 울었는지 이마에 내 천 자가 들어앉았다."

두이도 용기를 내어 아기의 얼굴을 마주 보았다. 하얗게 빛나는 알전구가 검은 눈동자 깊숙한 곳에서 빛을 냈다.

"참말로 이상하지, 이 밤중에 두 눈을 번쩍 뜬 채로 태어나다니."

할머니는 고개를 갸웃거리며 두이의 엉덩이를 발로 툭 찼다.

"평생 볼 건데 오래 봐 뒀다 뭐 할래?"

두이를 재촉하며 방문을 열어젖혔다.

"아이고, 눈 오네."

할머니의 말에 두이는 얼른 뒤를 돌아보았다. 일순간 어머니의 목소리도 밝아졌다.

"어머니, 저도 볼래요."

"그러다 골병 들지. 한참 올 것 같으니 아침에 봐라."

할머니가 갓난아기에게 시선을 던지며 말했다.

"얘는 등 따시고 배부르게 살 팔자는 못 되려나 보다."

"눈 내리는 날 태어나면 부자가 된다던데요."

"누가 그래?"

"친정아버지가요."

"네가 눈 내리는 날 태어났으면 우리도 부자였겠구나."

어머니는 말없이 아기를 품에 안았다. 할머니가 나가자마자 두이는 기다렸다는 듯 무릎걸음으로 다가가 아기의 얼굴을 살펴보았다. 기다란 속눈썹에 맺힌 눈물이 맑았다. 손끝을 갖다 대자 축축하고 부드러웠다.

"두이야."

어머니가 아기의 얼굴을 매만지던 두이의 손을 밀어내며 물었다.

"왜 그랬어?"

"제가요?"

"왜 그렇게 두꺼운 요를 깔았어? 한여름에?"

두이는 그저 할머니가 하라는 대로 했을 뿐이었다.

"누가 시켰어?"

두이는 나쁜 짓을 하다 들킨 것처럼 우물쭈물했다.

"저는 이 방이 내 방일 줄 알았어요."

한 번도 생각해 본 적 없는 말이 툭 튀어나왔다. 말하고 나니 정말로 바라는 일이어서 더욱 뜨끔했다. 할머니와 따로 자고 싶긴 했지만 그것이 방을 가지고픈 마음으로 이어질 줄은 몰랐다.

"나중에 더 크면, 그때."

더할 나위 없이 다정한 목소리였다.

"깊게 묻어, 짐승이 못 물고 가게."

그러고도 영 못 미더운지 어머니는 두이의 손을 꽉 쥐며
말했다.

"이거 엄마 살이야, 엄마 몸이야."

두이는 크게 끄덕이며 밖으로 나왔다. 눈발이 사선으로 몰
아쳤다. 이마가 선득했다. 입김이 짙게 뿜어져 나왔다. 꼭 할
머니가 담배 피우는 모습을 흉내 내는 기분이었다. 마당을 건
너 집 뒤편으로 걷는 동안 두이는 숨을 크게 들이마셨다가
길게 몰아쉬었다. 할머니가 왜 담배를 물고 사는지 조금은 알
것 같았다.

두이가 감나무 아래 쪼그리고 앉아 언 땅을 한창 깨고 있
을 무렵, 먼 데서 아버지의 노랫소리가 들려왔다. 또 장터에서
막걸리를 걸친 모양이었다. 두이는 호미질을 서둘렀다. 정수리
와 어깨에 나풀나풀 눈이 쌓였다. 관자놀이 언저리로 눈 녹
은 물이 주룩 흘러내렸다. 달아오른 뺨이 빠르게 얼었다. 턱
끝이 슬슬 아려 왔다. 아버지가 불 켜진 바깥채의 문을 벌컥
여는 소리가 들렸다. 아들이냐, 아들 낳았냐. 꼬부라진 목소리
로 물었다. 두이는 더욱 호미질에 몰두했다. 깊게. 되도록 아

주 깊게. 짐승이 못 물고 가게.

3

집에서 저녁을 먹고 다시 부동산 사무실로 돌아간 이후부터 미용실 주인이 시신을 발견하기 직전까지, 고모부가 강도의 칼에 찔려 죽었으리라 추정되는 시간 동안 호재는 매우 화난 상태로 근무 중이었다. 오늘 재수 더럽게 없네. 상암동의 방송국에서 촬영 장소인 망원동의 스튜디오로, 다시 상암동으로 철수하는 일정을 마쳤을 때 호재의 머릿속엔 이 생각뿐이었다.

오늘처럼 재수 없는 날은 처음이다.

PD는 지난 월요일 업무 회의에서 3월에 열리는 「세계바둑최강전대회」 방송 준비에 열을 올렸다. 대회 기간 내내 벌어지는 모든 경기를 생중계하기에 앞서 홍보부터 확실하게 해 두어야 시청률을 끌어 올릴 수 있지 않겠느냐, 하나 마나 한 소리를 침 튀겨 가며 강조했다. PD의 일방적이고 피상적인 이야기 끝에 결국 대회에 참가하는 각 나라 대표 선수들의 개인사와 경기 이력을 소개하는 프로그램을 2월 한 달 동안 한

시적으로 방영하기로 결정했다. 동시에 단수가 높은 바둑 기사들을 인터뷰하는 영상을 프로그램 말미에 내보내기로 합의했다.

그러려면 이번 주까지 예고 방송 촬영부터 마쳐야만 했다. 작년에도 비슷한 기획의 프로그램을 방영했던 터라 호재에겐 그다지 어려운 업무가 아니었다. 예고 방송이라고 해 봐야 프로 출신의 사회자를 인터뷰하는 영상이 주된 내용이었다.

회의가 끝나자마자 호재는 촬영 시간을 잡으려고 출연자에게 전화를 걸었다. 그는 금요일 오후에 한국기원의 신년 이사회가 열리는데 자신은 이사회에 빠져선 안 될 사람이라며 저녁 늦게야 시간을 낼 수 있겠다고 말을 끌었다. 남은 시간이 빠듯해서 촬영을 미루기는 곤란했다. 게다가 연초부터 주말 촬영을 잡았다가는 여기저기서 볼멘소리들이 호재에게 쏟아질 게 뻔했다.

"그럼 금요일 저녁 7시로 하겠습니다."

호재의 제안에 출연자는 내키지 않는 투로 동의했다. PD는 금요일에 야근하는 신세를 한탄하면서도 군말 없이 오케이를 했다. 촬영 날짜를 확정하고 출연자와 스태프 들의 스케줄을 조정하는 와중에 호재는 여러 번 불쾌한 순간을 맞닥뜨렸다. 시원시원하게 약속에 응하는 사람은 드물었다. 출연을 제안하는 물음에는 명쾌하게 그러겠다던 사람들도 정작 촬영 날짜와 시간을 잡으려고 거는 전화에는 대답을 미루거나 난색을 드러내기 일쑤였다.

금요일이 되자 호재는 종일 바빴다. 주문한 도시락을 먹는 둥 마는 둥 하고 빌딩 1층 카페에서 커피를 주문하던 참에 전화가 걸려 왔다. 스튜디오 주인이었다. 예약 확인차 전화를 걸었다 하고선 밤 9시까진 꼭 마쳐 달라는 요지였다. 인터뷰와 홍보 영상 촬영까지 빡빡한 일정이라서 장담할 순 없겠다고 호재는 솔직하게 대답했다.

"그러면 곤란해요. 8시 30분까진 마쳐 주셔야 해요."

"방금 9시까지라고 하셨습니다."

"그러니까요. 장비 정리하는 데 30분이면 충분하죠?"

이전에도 몇 번 공간을 빌려 쓴 적이 있던 터라 충분히 양해해 줄 거라고 생각해서 꺼낸 말이었다. 주인은 들은 체도 하지 않았다. 이제 와서 촬영 장소를 바꿀 수도 없는 노릇이었다.

"노력이야 해 보겠지만 어렵지 않겠습니까?"

이쪽 사정을 아주 모르지는 않을 사람이라서 호재는 조심스레 묻고 대답을 기다렸다. 주인은 잠시 침묵하더니 단호한 목소리로 일갈했다.

"9시엔 무조건 닫습니다."

호재는 곧장 PD와 조연출이 기다리는 11층 회의실로 향했다. 주문한 커피를 나눠 주고 오늘 촬영할 내용을 간추려 설명했다. 셋은 머리를 맞대고 필요한 장비와 소품 들을 점검한 뒤 흩어졌다. 호재는 PD의 뒤를 좇아 나서는 조연출을 황급히 불러 세웠다. 스튜디오 주인의 사정을 알려 주면서 호재가 말했다.

"우리는 6시쯤 스튜디오에 도착하는 게 좋겠어요."

조연출은 빨대를 물고 고개를 끄덕끄덕했다. 한겨울에도 아이스아메리카노를 마시는 그는 호재가 말을 잇는 동안 남은 커피를 단숨에 빨아 당겼다. 컵 안에 얼음이 그대로였다. 빨대가 컵 바닥을 훑는 소리가 요란했다.

"출연자 오면 바로 시작할 수 있게요."

조연출은 컵 뚜껑을 열어 얼음을 입안에 털어놓고 와그작 와그작 씹었다. 대답을 재촉하는 호재에게 건성으로 그러자고 약속했다. 호재는 같은 말을 여러 번 하기가 싫어서 못마땅한 표정을 지으며 그를 내보냈다.

저녁 6시가 돼서야 조연출은 호재를 주차장으로 불렀다. 호재가 종종걸음으로 지하 3층 주차장으로 내려가자 그는 스타렉스 뒷좌석에 카메라와 삼각대, 마이크 등등 자질구레한 촬영 장비들을 한창 싣고 있는 중이었다. 번번이 늑장을 부리는 조연출을 보자 화가 치밀었지만 호재는 애써 누그러뜨리며 PD의 행방을 물었다. 호재와 동갑내기인 조연출은 호재의 신경질적인 기미를 눈치챘는지 피식 웃었다.

"형 때문에 늦은 거예요. 형이 회계 팀 누나랑 대판 했거든."

그동안 우락부락한 PD의 성질을 충분히 겪었던 터라 호재는 그가 회계 팀 직원과 왜 싸웠는지 전혀 궁금하지 않았다. 오히려 PD를 형이라 부르고, 회계 팀 신유리 대리를 누나라고 부르는 조연출의 태도만은 나날이 더욱 거슬렸다. 친구처럼 지내라는 PD의 말에도 불구하고 호재가 꾸준히 조연출을 연출이라고 부르는 이유도 그 때문이었다. 그가 이제 겨우 입사 1년 차 새내기인 탓도 적지 않았다. 호재는 자꾸 일이 꼬이는 게 조연출 탓인 것 같아 그를 앉혀 두고 조직의 말단으로 사는 데 유용한 충고와 유의미한 지적을 조목조목 일러 주고 싶었다.

알량한 인정에 기댔다가 배신당하고 상처 입는 쪽은 계약직인 너일 거라고, 월말에 메일로 지출 경비 내역을 주고받는 게 고작인 신유리 대리에게 누나라고 부르는 건 공적 영역을 무시하는 자만한 태도로 비칠 수도 있다고, 아니면 그저 세상 물정 모르는 철부지 취급을 받을지도 모르고.

작가로 일하는 동안 호재는 숱한 조연출들을 겪었다. 그들은 한 프로그램에 오래 머물지 않았다. 필요에 따라 여러 프로그램을 동시에 떠맡아야 했고 담당 PD를 군대의 사수처럼 따르면서 형, 형은 제 아버지잖아요, 라는 말을 서슴없이 여러 PD에게 바쳤다. 다들 그럴싸한 아버지 밑에서 자란 아들들인 양 굴었다. 그런 연출들에게 과도한 근무를 요구하고 쩨쩨한 보상을 돌려줄 때마다 너는 내 아들이잖아, 라는 말로 화답하는 PD들도 마뜩치 않았다.

호재가 그들의 처지를 몰라서 빈정거리는 건 아니었다. 정규직 전환으로 통하는 기회는 요원하고 기회의 유무조차 회사의 대내외적 사정에 따라 임의로 주어졌다. 인내와 끈기를 장점으로 부각하는 이력보다 임기응변과 변통에 능한 이력이 훨씬 나았다. 정규직에게 바라는 게 충성을 드러내는 인내라면 계약직에게 바라는 건 야망 없는 열정이었다. 회사는 그들이 남아 주기를 바라지 않았다. 다 자란 아들처럼 마땅히 떠나 주길 바랐다. 솔직히 업계에서 바둑 경기만 방송하는 채널의 경력을 반가워할 리도 없었다.

지난 3년 동안 깨우치고 터득한 내용들을 아직 카메라 조작도 서툰 조연출에게 설명해 봤자 무슨 소용일까. 호재는 일부러 핸드폰을 만지작거리며 한숨을 푹푹 내쉬었다. 한숨이야말로 짬밥깨나 먹은 직장 고참들만이 구사할 수 있는 언어였으니까. 한숨 다음에 얻을 수 있는 것이 무엇일지는 호재도 아직 몰랐다.

"그럼 우리가 먼저 가서 세팅합시다."

호재가 조수석 쪽으로 걸어가며 말을 이었다.

"PD님께는 제가 따로 오시라고 말할게요."

"오늘 형 차 없는데."

"택시 타고 오시면 되잖아요."

"회계 누나랑 똑같은 말 하네요."

"법카 있잖아요."

"이번 달 한도 다 썼대요."

"그래서 지금 PD님 기다리는 겁니까?"

"당연하죠. 아까 형이 차량 두 대 지원해 달랬더니 한 대밖에 안 된다는 거야. 그럼 택시 부르겠다 했더니 이번 달 정산 끝나서 다음 달 말일에나 정산해 준다는 거야. 아직 18일인데 왜 안 되냐 했더니 내일 주말인 거 모르냐 한 거지. 그 말에 형이 완전 열 받아서 니들은 만날 정시 출근하고 정시 퇴근하고 주말엔 출근도 안 하면서 현장에서 일하는 사람들 편의를 왜 안 봐주냐고 막 소리 질렀거든. 근데 그 누나가 뭐라는 줄 알아? 다음 주 월요일에 말씀하세요. 저 이미 퇴근했습니다. 완전 멋있는 누나 아니야?"

"그래서 언제 온다는 거예요, PD님은?"

"담배 한 대 피우고 온댔어요."

여태 반말하더니 다시 존댓말이었다. 호재는 조연출의 오락가락하는 말투에 진저리를 치며 조수석에 앉았다. 호재는 운전을 할 줄 몰랐다. 처음에는 그럴 시간적 여유와 경제적 여력이 없어서였는데 막상 직장 생활을 시작하고 보니 운전 면허가 없어서 도리어 좋았다. 굳이 하지 않아도 될 일을 변명 없이 하지 않을 수 있어서 좋았다. 회식 자리에서 고기를 굽기도 전에 오늘은 누가 운전할래, 라고 PD가 물을 때마다 속으로 오늘의 대리 기사를 자처할 순서인지 아닌지 가늠하지 않아도 되고, 방송국 밖에서 촬영하거나 지방으로 출장을 가야 하는 날에는 조수석에 앉아 못 다 한 일들을 마저 처리할 수 있어서 편했다. 일부러라도 면허증을 딸 계획을 세우지 않았다. 호재는 계획과 노력이 필요한 미래를 그린 적이 없었다. 호재는 내로라하는 방송 3사로 이직할 꿈을 꾼 적도 없었다. 더 큰 물에서 놀려면 뼈 빠지게 일하는 수밖에 없는데 그건 불합리한 일 같았다.

호재는 채널 내에서 유일하게 구인 공고를 통해 발탁된 서브 작가였다. 이세돌과 알파고의 대국이 확정되면서 몇 작가들이 기회를 놓칠세라 생중계를 준비하는 지상파로 적을 옮긴 바람에 생긴 빈자리였다. 작가라지만 자료 조사가 일의 대부분이었다. 처음에는 밤을 새우는 날도 허다했지만 요즘은 할 만했다. 한 채널에 오래 있다 보니 방송에 필요한 자료들

은 여러 개의 폴더들로 분류되어 호재의 머릿속과 노트북에
저장되어 있었다. 대부분 선수의 이력과 승패 기록을 시간 순
으로 정리한 자료들이었다. 덕분에 대본 쓰는 일은 나날이 수
월했다. 어차피 대본에 충실한 출연자는 아마추어 취급을 받
는 세계였다. 호재가 유일하게 긍정하는 채널의 장점이었다.

4

차는 7시가 되어서야 망원동으로 출발했다. 가는 내내
PD는 줄담배를 피웠다. 시무식이 있고 얼마 후 인사 이동 공
지문이 사내 곳곳에 붙었지만 그의 이름은 없었다. 그는 당연
한 결과라고 생각하면서도 이맘때면 사소한 일에도 곧잘 흥
분했다. 이직이 옳은 선택일지 모른다는 회의감을 잊지 못해
서, 바둑 채널의 존폐가 매해 임원 회의의 중요한 안건인 상
황에서 승진을 기대할 수 없다는 절망감을 떨쳐 내지 못해서,
결국 내년도 올해 같기만을 바라는 수밖에 없어서, 하루하루
를 미온적인 태도로 견뎌야 한다는 무력감을 이겨 낼 수 없
어서, 그는 팀원들을 비롯한 다른 사람들을 낮잡아 봤다.

"너 회당 얼마 받냐?"

PD가 시비조로 호재에게 물었다. 정규직인 자신의 월급과

계약직인 호재의 임금이 맞먹는다는 사실을 들먹이며 그는 종종 화를 냈다.

"나는 눈치 보여서 야근 수당도 신청 안 하고 지금까지 일하는데."

PD가 호재를 빌미잡아 신세 한탄을 가장한 신경질을 부리자 조연출이 노래를 틀었다.

"이번 주 인기곡이에요, 형."

셋 중 조연출의 월급이 가장 적었다. 하지만 나이를 먹을수록 사내 입지가 확연히 위태로워지는 쪽은 호재였다. 호재라고 할 말이 없진 않았다. 저마다 감내해야 하는 부당함과 감수해야 하는 위기가 달랐다. PD는 그 부당함을 호재를 통해서 실감했고, 조연출을 통해서 위기감을 잊었다. 조연출은 그 모든 불안을 미래에 대한 막연한 기대로 잠재우는 듯했다. 미래에 거는 기대가 없는 호재는 그 모든 불안과 부당함과 위태로움을 무심하게 견뎠다. 이대로도 충분히 만족했다.

촬영은 간신히 9시에 끝났다. 사회자는 촬영이 끝나자마자 술 약속이 있다며 부랴부랴 자리를 떴다. 다행이라면 다행이었다. 서둘러 촬영 장비들을 스타렉스에 싣고 나니 9시 30분이었다. PD가 뒷좌석에 오르자마자 조연출이 시동을 걸었다. 실내등이 깜빡이며 차체가 부들부들 떨렸다. 같은 짓을 서너 차례 반복했지만 시동은 걸리지 않았다.

"아무래도 배터리 나간 것 같은데요."

"보험사 불러."

"보험사가 어디예요?"

"그걸 내가 어떻게 아냐?"

PD가 퉁명하게 대답했다. 호재는 조수석에 앉아 출연자에게 문자메시지를 넣는 중이었다. 어차피 자동차와 관련된 문제는 호재가 관여할 거리가 아니었다.

"그럼 누가 알아요?"

"신유리."

PD가 그 이름을 입에 담은 것만으로도 재수 없다는 듯 진저리를 쳤다.

"제가 전화해요?"

조연출이 담담하게 물었다.

"호재, 네가 해. 같은 여자니까."

놀란 호재가 뒤를 돌아봤다.

"전 그분 모릅니다."

"여태 신유리를 모른다는 게 말이 되니? 그동안 월급 안 받았어?"

"주는 돈 받기만 해서 얼굴 볼 일이 없습니다."

"혼자 살아서 그런가, 배호재 진짜 팔자 좋다."

PD가 몸을 한껏 뒤로 젖혀 고개를 설레설레 저었다. 호재는 차에서 내려 한갓진 데로 자리를 옮겼다. 사내 인프라에서 비상 연락망을 검색해 간신히 신유리 대리에게 전화를 걸었다. 신유리 대리는 호재가 신원을 밝히자마자 담당 PD의 이름부터 확인했다. 호재가 자초지종을 설명하는 동안 그런데요? 그래서요? 되물었다. 수화기 너머에서 아이들이 누구야? 누구야? 묻는 소리가 희미하게 들렸다.

"보험사를 불러야 할 것 같습니다."

"차량마다 보험사가 달라서 사무실에 가 봐야 알아요."

"그럼 어떻게 합니까?"

호재가 끊을 기색이 없자 신유리가 반문했다.

"택시 타고 가시면 되잖아요."

"촬영 장비들을 두고 갈 순 없습니다. 우리만 쓰는 것도 아니고요."

"그럼 저한테 묻지 마시고 자동차를 뒤져 봐요."

호재는 한 손으로 전화기를 붙들고 다시 스타렉스 쪽으로 걸어갔다. 조연출은 PD와 수다를 떠느라 아예 뒤돌아 앉은 모양새였다. 호재는 손이 시려워 핸드폰을 다른 손으로 바꿔 들곤 운전석 차창을 두드렸다. 조연출이 차창을 조금 내리고는 뭐래요?, 하고 물었다. 호재는 신유리 대리의 귀에 들릴세라 핸드폰을 가슴에 붙이고 콘솔 박스를 가리켰다.

조연출이 콘솔 박스를 열자 한눈에 봐도 보험 가입 서류철이 여러 개였다. 호재가 잠시 말이 없자 신유리가 수고하셨어요, 인사하곤 전화를 끊었다. 조연출이 서류철을 일일이 펼쳐보는 동안 PD는 다시 담배를 꺼내 피우기 시작했다.

"난 택시 타고 집에 갈 테니까 너희 둘이 알아서 갖다 놔."

PD는 담배를 입에 문 채 차에서 내려 길을 건넜다. 호재가 어이없다는 표정으로 조연출을 쳐다보며 조수석에 올랐다. 조연출이 어깨를 으쓱하며 서류철을 건넸다. 개중 가입 날짜가 가장 최근인 서류였다.

"직접 하세요. 남자니까요."

호재가 싫증 난 표정으로 서류철을 밀어냈다. 조연출이 호재를 흘깃거리며 보험사에 전화를 걸어 위치를 설명했다. 조연출이 긴급출동서비스를 신청하고 이윽고 도착한 출장 기사가 배터리를 충전하는 동안 호재는 조수석에 가만히 앉아 있었다. 온종일 참았던 화가 몰아쳐 씩씩거리다 문득 올려다보니 9시에 문을 닫겠다던 스튜디오는 여태 환했다. 10시 정각이었다.

지하 주차장과 창고를 오르락내리락하며 차에 실려 있던 장비들을 모조리 옮기고 나니 11시였다. 빌딩 정문 앞에서 조연출이 호재에게 넌지시 술을 사겠다고 말했다. 평소대로라면

더 들을 것도 없이 거절했을 텐데 호재는 잠시 멈칫하다 그러
자고 했다.

술을 마시면 호재는 잠을 못 잤다. 많이 마실수록 더더욱
못 잤다. 술기운이 몸 밖으로 다 빠져나갈 때까지 몸부림을
치다가 겨우 잠이 들었다. 술은 잠을 몰아낼 뿐 기억을 지켜
주진 않았다. 늘 인사불성이었다. 여의도가 우리의 희망입니
까? 솔직하다 못해 노골적인 말들을 거리낌 없이 쏟아 냈고
휘청대는 몸을 바로잡느라 팔다리에 잔뜩 힘이 들어갔다. 술
잔을 놓으려다 탁자를 때리고 종업원을 부르려다 옆 사람의
뒤통수를 갈기는 식이었다. 그래 놓곤 사과는커녕 키득키득
웃었다. 술이 사람을 이렇게 우습게 만든다고 말하면서 킬킬
웃었다.

넌 웃는 게 문제이니 앞으로 술자리에선 웃음을 자제했으
면 좋겠다는 말을 듣기도 했다. 너에겐 이 일이 손쉬운 도둑
질 같은지 몰라도 누군가에겐 도둑맞을까 평생 보초 서듯 지
켜야 하는 자리라는 질타를 듣기도 했다. 무례한 이기주의자
로 몰려 쫓겨나듯 거리에 서면 발길은 저절로 방송국으로 향
했다. 9층 외진 방에 놓인 2인용 책상 앞에서 게슴츠레한 눈
으로 제정신이 들 때까지 자다 깨다 버티는 것이 호재의 술
버릇이었다. 술버릇이 그러하다 보니 호재는 도통 술자리에
참석하지 않았다. 되도록 혼자 마시는 게 편했다.

조금만 마실 생각으로 호재는 빌딩 뒤쪽 주택가에 자리한 작은 이자카야로 향했다. 바 테이블에 나란히 앉아 회사에 돌고 있는 이런저런 소문들을 입에 올렸다. 이미 들은 이야기이거나 어디서 들어 봄 직한 내용들이어서 대화가 오고갈수록 지루해졌다. 호재는 어떻게든 취하지 않을 작정이라서 잔에 담긴 소주를 마저 비우고 생맥주를 주문했다. 영하의 날씨에 마시기에 적절한 술은 아니었다. 잔을 쥘 때마다 차가운 물방울이 손끝을 적셨다. 덕분에 뒷목을 뜨겁게 달구던 화는 서서히 누그러졌지만 그 때문인지 자꾸 입을 다물게 되었다.

하루 동안 겪은 불친절한 응대들이 차례차례 떠올랐다. 저마다의 불안과 불행을 끌어안고 사는 인간들의 자기 보호적인 면면들이 왜 나에게만 공격적이게 될까. 만만해 보여서인지, 만만해 보이지 않아서인지, 남들 눈에 비친 자기 모습을 추측하다 보면 호재는 기어이 울적해지고 말았다. 예전부터 혼자였고 지금도 그러하고 앞으로도 혼자일 호재의 삶을 사람들도 은연중에 느끼고 알아 버렸기 때문일까? 꾸준히 혼자라서 영영 그러할 거라서 이기적인 인간이라는 오명을 피할 수 없을 거라 생각하면 언제나 분하고 억울했다.

호재가 말없이 턱을 괴고 빈 맥주잔을 들여다보고만 있자 조연출이 헤어진 애인 이야기로 화제를 바꿨다. 이름과 직업을 말할 수 없는 전 여친은 하도 술을 좋아해서 일주일에 서너 번은 지인들과 술자리를 가졌는데 술을 좋아하는 사람답게 늘 취할 때까지 마셔 버리는 바람에 고주망태가 돼 가지곤 새벽이고 아침이고 할 것 없이 잔뜩 꼬부라진 혀로 전화를 걸어서는 자기를 좀 데려가라고 울고불고했다고, 어디냐고 물으면 여기가 어딘지 모르겠다고 목 놓아 울었다고, 이러지도 저러지도 못하고 외출복 차림으로 핸드폰만 붙들고 있다가 날이 샌 적도 부지기수였으며 여자 친구의 직장 근처나 집 근처로 무작정 택시를 타고 가서는 술집들을 뒤집고 돌아다닌 적도 수십 번이라고.

"요즘도 그럴까, 담배꽁초랑 침 자국으로 더러운 담벼락 아래 퍼질러 앉아서, 짓궂은 낙서들이 빼곡한 벽 아래 쭈그리고 앉아서 또 울고 있을까. 사랑하는 사람한테 전화해서 여기가 어딘지 모르겠다고 나 좀 데려가라고 울면서 애원하고 있을까."

호재는 마냥 듣기만 했다. 생맥주 다음으로 하이볼을 주문해 마셨더니 몸 안에 냉기가 차곡차곡 차오르는 듯한 느낌이 한결 덜했다.

"요즘은 누굴 사랑하고나 있을까."

조연출의 활기찬 모습만 보았던지라 호재는 적잖이 당황했다. 그는 생각에 잠긴 듯 멍한 표정이었다. 어깨가 닿을 만큼 가까운데도 굉장히 멀리 있는 느낌이었다. 호재는 그의 잔에 남은 술을 대신 들이켜곤 빈 잔에 소주를 따라 주었다.

"재수 없는 날에는 자꾸 옛날 생각을 하게 됩니다."

호재가 말머리를 돌렸다. 왜 그럴까 곰곰 생각해 본 적도 있었는데 거듭 이유를 찾아봐도 답은 명백했다.

"이유를 알고 싶어서 그런 것 같습니다. 우연히 불행한 건지, 당연히 불행한 건지."

말을 마치자마자 호재가 큭큭 웃기 시작했다. 한때는 월급을 받으며 산다는 사실만으로 안심했었는데, 아 웃겨. 호재가 어깨를 들썩이며 웃었다.

"왜 웃어요? 뭐가 웃겨요?"

조연출이 호재 쪽으로 몸을 기울이며 물었다. 호재가 대답 대신 잔을 들어 연달아 여러 모금을 삼키자 조연출이 덩달아 술을 크게 들이키며 물었다.

"오늘 재수 없었죠?"

아닌 척하지만 조연출에게도 무난한 하루는 아니었던 것 같아 호재의 기분이 조금 누그러졌다.

"우리, 살면서, 가장 재수 없었던 날을, 얘기해 봅시다."

호재가 허리를 곧추세우고 두 팔을 크게 휘둘렀다.

"내가 가장 크게 잘못한 날을 고백하라는 얘기?"

"아니요. 우리 둘 중 누가 더 재수 없는 사람인가 내기하자는 겁니다."

조연출이 잠자코 있다가 호재의 어깨에 팔을 두르며 짐짓 호기롭게 물었다.

"서른 살 되면 뭐 할 생각?"

갑자기 호재가 코웃음을 터뜨리며 나는 이미 서른 살이라고 우기기 시작했다. 조연출은 더욱 박장대소하며 호재의 어깨를 잡아 흔들었다.

"우리 동갑내기잖아, 스물아홉."

"아닙니다, 나는 1월에 태어났거든요. 넌 양띠이시고, 나는 말띠이고."

조연출이 뒤늦게 안주를 주문하겠다며 메뉴판을 뒤졌다. 마구로사라다, 고노와다사시미, 호시카레이시오야기, 사사미모리아와세, 우메보시카고, 네기도로, 마로아카준마이, 긴죠나마조죠, 간빠레오또상, 오니고로시, 중얼중얼 읽다가 대뜸 물었다.

"그럼 곧 생일이겠네."

생각해 보니 정말 그랬다. 다음 주 월요일이었다. 음력 12월 16일. 그날은 1년 중 가장 외로웠다. 하필 겨울에 태어나서 더욱 외로웠다. 긴 겨울방학 중에 맞는 생일이라서 친구들의 관심을 끌지 못했다. 그래서인지 더 섭섭했다. 단 한 사람쯤은 생일을 축하하러 찾아오지 않을까 기대했지만 번번이 실망했다. 그런데도 해마다 생일 아침이 되면 누군가를 기다렸다. 축하를 바라면서 누군가를 기다리는 마음이 부끄러워서 온종일 고모와 고모부의 눈치를 살폈다. 그러면서도 생일을 축하하는 일의 극성스러움이 사랑의 정도를 드러내는 일과 무관하다는 걸 알고 있다는 듯 초연한 척했다. 나를 사랑하는 일에 소홀하다고 해서 미워할 일은 없다는 걸 암시하고 싶어서 주어진 음식을 남김없이 먹었다. 밤이 되면 캄캄한 천장을 올려다보며 초를 끄는 상상을 했다. 언젠가는 다른 소원을 말할 수 있을까, 걱정하면서 속으로 빌고 빌었다. 되도록 빨리 어른이 되고 싶다고. 어른인 척하지 않아도 되는 어른이고 싶다고.

"생일에 뭐 할 거예요?"

조연출이 얼굴을 들이밀며 물었다. 호재는 대답 대신 술잔을 들었다. 고아나 다를 바 없는 자신의 처지 앞에서 무기력해지고 좀처럼 풀리지 않는 생계의 난제에 부딪히는 일이 꾸준히 이어지는 동안 호재는 자신의 과거에서 그 연유를 찾아내려 했다. 거슬러 올라가다 보면 아버지의 과오에까지 가닿게 되고 거기까지 생각하다 보면 더 불행하지 않은 것에 만족하며 굴복하는 수밖에 다른 방도가 없었다. 그 상태에서 벗어난 건 방송 작가 생활을 시작하면서부터였다.

당장의 필요에 따라 오늘의 임무를 적절한 수준에서 해내는 날들을 지속시키려 애썼다. 지나치게 노력하지 않고 지나치게 방만하지 않은 적정 수준의 노동. 딱 그 정도의 노동으로 가능한 생계를 유지하려고 노력했다. 자연스레 생일은 삶에서 그리 중요하지 않은 날이 되었다.

"누나, 내가 생일 챙겨 줄게."

조연출이 대뜸 호재를 누나라고 부르면서 큰소리를 쳤다. 이 사람이 나를 불쌍하게 보네, 호재는 욱하는 기분에 조연출의 팔꿈치를 꽉 붙잡았다.

"누나라고 하지 마."

"나는 누나가 반대로 말하는 거 다 알지."

더 만만하게 보이고 싶지 않아서, 호재는 그가 따라 준 술을 한 번에 들이켰다. 그 이후부터는 잘 기억나지 않았다.

6

정신을 차려 보니 여지없이 9층 빈방이었다. 사람들은 이 방의 존재를 잘 몰랐다. 1층 로비의 건물 안내도와 엘리베이터 맞은편에 층층마다 붙어 있는 층별 지도에도 이 방에 대한 정보는 전무했다. 빌딩은 총 24층이었다. 호재가 근무하는 방송국은 9층부터 13층까지만 임대했다. 호재가 마음 편히 오르내릴 수 있는 층도 거기까지에 불과했다.

10층은 실내 촬영용으로 제각각 다른 콘셉트의 스튜디오들과 출연자 대기실들이 있고, 12층과 13층에는 본부장과 기획, 회계, 마케팅, 홍보 팀들이 옹기종기 모여 있었다. 호재가 13층으로 올라갈 일은 입사 이후 단 한 번도 없었다. 사내에서 끗발 있는 축에 속하는 임원진들은 아예 다른 건물로 출근했다. 호재는 10층부터 13층까지, 9층의 창고 같은 방이 또 있는지 살펴본 적이 있는데, 같은 위치에 방이 있는 층은 9층이 유일했다.

9층의 구조는 단순했다. 방청객이 필요한 녹화방송용 스튜디오와 창고가 전부였다. 엘리베이터 문이 열리면 안내 데스크가 있지만 그마저도 공개방송이 없는 날엔 운영되지 않았다. 엘리베이터에서 내려 오른쪽으로 꺾어 들어가면 방청용 스튜디오가 바로 나타났다. 스튜디오로 입장하는 길 왼쪽에는 좌석이 모자랄 경우를 대비한 접이식 의자들과 방청객들에게 나눠 주고 남은 묵은 경품들이 쌓여 있는 창고가 있었다. 창고 문에는 '902호'라는 팻말 아래 '관계자 외 출입 금지' 스티커가 붙어 있어 도리어 주목을 끌었다. 괜히 손잡이를 당겨 보는 사람들이 적지 않아 방송이 있는 날엔 종종 호재가 문 앞에 서서 호기심 많은 방청객들을 막아서기도 했다.

호재가 자주 숨어 지내는 방은 반대쪽에 있었다. 입사 초기, 창고를 찾다가 우연히 들른 그 방은 호수도, 팻말도 없이 잠그지 않은 상태로 닫혀 있었다. 안내 데스크 직원들이 쉬는 곳인가 했지만, 방송이 있을 때만 개방하는 층인지라 상주하는 직원이 따로 없었다. 방에는 2인용 책상과 기다란 등받이 의자가 전부였다. 한때 누군가 근무했는지 인터넷 케이블과 랜선이 책상 위에 똬리를 틀고 있었다.

호재는 종종 그 방에서 시간을 보냈다. 퇴근 후 그 방에 머물면서 노트북으로 영화를 재생해서 보기도 했고, 일찌감치 그 방으로 출근해서 대본을 쓰다가 시간에 맞춰 11층으로 올라가 PD에게 인사했다. 11층엔 PD를 제외하곤 딱히 누구의 것이라 할 수 없는 책상들이 즐비했다. 칸막이도 없이 다인용 책상들이 한가운데 빼곡했다. 먼저 와서 앉는 사람이 임자였다. PD 전용 책상들이 다인용 책상들을 디귿자로 둘러싸고 있어서 무얼 하고 있는지 훤히 보이는 구조였다. 호재가 11층을 꺼리는 가장 큰 이유였다. 대본을 쓰다 보면 키보드를 두드리는 것보다 마우스를 클릭하는 횟수가 더 많았다. 그 모습을 보고 호재의 노트북에 저장된 파일의 크기와 내용 들을 눈치챌까 봐, PD든 누구든 공유하자고 할까 봐, 호재는 항상 숨어서 대본을 썼다.

아, 죽겠다. 졸려 죽겠다.

점점 취기에서 깨어나자 잠이 몰려오기 시작했다. 지금쯤 조연출은 출근해 어제 촬영한 영상을 편집하고 있을 터였다. 얼른 11층으로 올라가서 자막 입력을 도와야 했지만 호재는 먼저 연락하고 싶지 않았다.

시계를 보니 정오였다. 호재는 살금살금 엘리베이터 앞으로 향했다. 정수기에 텀블러를 대고 뜨거운 물을 받았다. 후후 입김을 불며 비린 물을 홀짝거렸다. 1층에 서 있던 엘리베이터가 위층으로 오르기 시작했다. 다시 방으로 돌아가려는데 핸드폰이 울렸다. 고모였다. 고모부가 죽었다고 했다.

예전에도 그러했고 지금도 그러하지만 호재는 고모부에 대해선 몇 가지 문장으로 요약할 수 있다. 세상의 호의를 부끄러워서 거절하고 두 번째 기회를 기다리는 사람, 거절은 겸허한 자세에서 비롯하는 예의이니 그에 대한 치하로 주어지는 두 번째 기회는 사뭇 거창할 거라는 기대 때문에 스스로 자랑스러워 어쩔 줄 모르는 사람. 삶의 호시절을 꿈꾸다가 주말마다 로또에 낙첨하길 반복하면서 첫 번째 기회가 언제였는지 울분에 차서 되짚는 사람. 절망과 비관에 빠진 자신이 부끄러워 술에 취해 낙관과 호언을 내지르다 지쳐 잠드는 사람.

그러한 사람들이 많이 있고 아버지도 그러한 사람들 중 하나라고 호재는 이해했다. 아버지나 고모부나 거기서 거기. 그렇다 해도 고모부에 빗대어 아버지를 이해하긴 어려웠다. 고모부는 갈지자로 비틀거릴지언정 결국 집으로 돌아가는 유형인 반면 아버지는 정반대의 유형이었기 때문이다. 한 사람은 죽지 않고선 어디로든 떠나지 않을 사람이었으며 다른 한 사람은 죽어서야 돌아올 사람이었다.

고모부와 아버지는 일관되게 술을 마셨다. 누가 만류하든 호응하지 않았고 누구의 충고에도 순응하지 않았다. 보통 사람들의 상식처럼 평범하지만 유효한 삶으로의 전환을 시도하지 않았다. 결과만 두고 봤을 때, 두 사람 모두 세상에서 사라지는 결과로 이어지는 선택을 했던 것이고 그러한 선택이 가능한 태도를 내내 고수하며 살았다. 고모부의 삶에 대해선 아는 바가 없지만 아버지의 삶에 비추어 보건대, 둘 다 처음부터 그랬을 거라고는 생각하지 않았다. 누군가를 배척하는 것 말고 다른 선택은 불가능했던 순간에 대해, 지독히 재수 없는 순간에 대해 막연히 상상해 볼 따름이었다. 아버지는 평생 자기 것을 빼앗았다고 의심되는 사람을 분에 차서 뒤쫓았으니까. 그런 사람이 유일한 재산이었던 택시를 과연 버릴 수 있었을까. 아버지가 실종된 날부터 지금까지, 호재는 한결같이 확신했다. 아버지는 죽었다. 다른 가능성은 없었다.

3부

언제든

살아날 방도가

있다는 듯

1

　육개장과 북엇국, 장례식장에서 조리 가능한 국은 두 가지 뿐이었다. 그마저도 최소 30인분부터 주문할 수 있었는데 가격은 똑같았다. 7만 원. 간밤에 놀란 얼굴로 병원까지 동행했던 상가 주민들은 고작 열 명 남짓이었는데 부랴부랴 준비한 국은 조금밖에 남질 않았다. 두이는 북엇국 30인분을 주문하고 모듬전과 돼지머리 고기를 4킬로그램씩 주문했다. 김치와 멸치볶음, 떡과 과일은 넉넉하게 남아 있었다.

　두이는 남은 육개장을 일회용 비닐봉지에 담아 꽁꽁 묶어 냉장고에 따로 보관했다. 내일 장례가 끝나면 남은 음식을 모조리 싸서 집에 들고 갈 생각이었다. 다 먹어 버려야지, 고기한 점도 내가 다 먹어 없애야지. 속으로 그리 작정했지만 정작 아침부터 점심까지 두이는 식사를 걸렀다. 믹스커피 두 봉지를 뜨거운 물에 묽게 타서 마신 게 전부였다.

오후가 되자 간간이 조문객들이 찾아왔다. 어제 밤늦게 뒤따라왔던 사람들이 검은 옷을 갖춰 입고 침울한 표정으로 조의금 봉투를 건네러 다시 찾아오기도 했다. 몇몇은 남아 일을 돕겠다고 나섰으나 두이는 기어코 그들을 돌려보냈다. 혼자서 어쩌려고 그래, 짐짓 나무라는 투로 식당에 딸린 주방으로 들어가려는 사람들을 두이는 억지로 잡아끌었다. 다 끝내고 집에서 보자, 단단히 약속하곤 자꾸 뒤돌아보는 사람들에게 휘이휘이 손을 흔들었다.

북엇국 30인분이 동날 때까지 호재는 오지 않았다. 오후 2시가 넘어가던 참이었다. 담당 형사가 두이를 찾아왔다. 그는 빈소 입구에 서서 지금까지 수사한 내용을 설명하기 시작했다. 두이는 그에게 식당으로 가자고 권했지만 형사는 좀 전에 점심을 먹고 왔다며 거절했다. 밥을 먹으려던 게 아니라 서 있을 기력이 없어서 건넨 말이었건만 형사는 홀쭉한 배를 두드리며 괜찮다고만 했다. 하는 수 없이 두이는 빈소 입구에 기대어 서서 형사의 말을 들었다. 할 말이 무척 많은지 부쩍

조바심에 찬 어조였다.

시신을 빨리 발견한 덕분에 부검 없이 검안만으로도 검증을 마무리할 수 있었다고 형사는 말문을 열었다. 점심 직후에 검사 지휘서가 발부되었으니 곧장 사체검안서를 수령한 후 일정대로 장례를 마쳐도 된다는 요지였다. 어제 막 병원에 당도했을 때만 해도 부검은 필요 없으니 장례부터 치르라던 말과는 도통 다른 말처럼 들렸다. 딱히 예정에 어긋날 일은 없어서 무어라 토를 달긴 뭣했지만 아무래도 속은 기분이었다. 여차했다간 기껏 차린 빈소를 내버려 두고 남편의 시신이 돌아오기만을 오매불망 기다려야 했을 거라 생각하니 슬며시 부아가 났다. 형사는 두이의 얼굴이 점점 굳는 줄도 모르고 빈소 입구에 놓인 빈 책상을 힐긋 쳐다보았다.

"도와줄 사람이 없는 것 같아서 제가 설명을 좀 드리면요, 이런 경우는 사망진단서가 없습니다. 사체검안서가 중요해요. 미리 여러 장 발급받으셔서 사망신고 할 때도 내시고, 보험사에도 내시고요. 내일 화장할 때도 필요할 겁니다."

두이는 그가 무례하고 불퉁한 사람 같다가도 영 딴판인 것 같기도 해서 내내 팔짱을 낀 채로 그의 말을 곱씹었다. 어쩐지 그의 말들은 전부 기억해 둬야 할 내용이지 싶어서 도저히 허투루 넘길 수가 없었다.

"다른 식구는 없습니까?"

형사가 멈추어 서서 물었다. 마침내 그가 앉아서 이야기하려는 줄 알고 두이는 슬쩍 비켜섰다. 아침부터 슬슬 무릎이 쑤셨다. 하도 앉아 있던 탓인지, 서 있던 탓인지 알 수가 없어서 치마 속에 숨긴 다리를 구부렸다 폈다 하기를 반복하며 간신히 버텼는데 소용없었다. 이제라도 다리를 길게 뻗고 앉으면 한결 낫지 싶은데 형사라는 사람을 멀거니 세워 두고 혼자 앉아 있을 수도 없는 노릇이었다.

"조카가 오고 있어요."

형사는 다행이라는 듯 고개를 두어 번 끄덕이고는 여전히 선 채로 다시 입을 열었다. 그의 말에 따르면 소파 아래에서 칼이 발견되었는데 과도의 한 종류로 누가 봐도 새것이 분명하다고 했다. 손잡이에 피가 묻어 있는 걸로 봐선 범행 도구가 확실하다고도 했다.

"우발적 살인일 확률이 크다는 얘깁니다. 대개 범인이 겁을 먹었거나 놀라서인 경우가 많습니다."

형사의 말을 곧이곧대로 듣자니 아무래도 앞뒤가 바뀐 소리 같아서 두이는 어리둥절했다.

"칼을 쥔 놈이 겁을 먹다니요? 훔치러 들어온 놈이 놀라다니요? 겁이 나서 그랬다면 늙은 내 남편이 사람을 죽였어야지, 안 그래요?"

두이가 반문하자 형사가 담담한 목소리로 대답했다.

"직업상 저는 범인의 입장에서 생각을 해야 됩니다."

"그런가요? 참 안됐네요."

2

두이는 마지막으로 남편을 본 날을 곰곰 떠올렸다. 여느 때처럼 남편은 잠시 사무실 문을 잠그고 저녁 식사를 하러 집에 들렀다. 오후 5시 30분, 막 해가 기우는 참이었다. 데운 김치찌개에 밥을 말아 먹던 남편에게 두이는 구운 김을 먹겠냐 물었다. 젖은 밥에 구운 김은 별로다, 남편은 말했다. 두이는 다른 밑반찬을 꺼내는 대신 물 한 잔을 내주었다. 너무 짜게 먹지 말라고 잔소리를 했다.

그러고선 무슨 이야기를 했더라, 두이는 죽은 남편의 입장이 되어 그날의 사소한 일들을 차근차근 되새기려 애썼지만 기억은 띄엄띄엄 이어졌다. 조금도 불길하지 않아서 늘 하던 대로 멍하니 텔레비전을 본 게 기억의 전부였다.

"정말로 죽일 생각이었다면 다른 칼을 들고 왔을 겁니다."

형사의 설명은 범인의 잘못을 범인의 실수로 이해하라는 말처럼 들렸다. 악의와 고의가 조금도 개입되지 않은 실수. 정말 남편을 죽일 생각으로 벌인 일이 아니라면 남편 스스로 죽음을 불러들였다는 뜻인가, 누굴 죽일 생각이라곤 전혀 없던 사람을 남편이 부추기기라도 했다는 말인가. 나를 제발 죽여 달라고 칼이라도 쥐어 줬단 말인가.

두이가 잠자코 있기만 하자 형사는 그제야 신발을 벗고 빈소에 발을 들였다. 영정 앞에 서서 절을 두 번 하고 헌화를 했다. 하루 사이 국화는 시들어서 볼품없었다. 이파리는 처지고 꽃잎들은 둥글게 안으로 다물렸다. 얼핏 봐선 활짝 피기 전과 같은 모양새였지만 손으로 집자마자 아래로 축 처졌다. 분향대가 점점 지저분해져서 두이는 싹 다 쓸어다가 내다 버리고 싶었다. 당장 남편의 시신을 집으로 데려가 바로 눕히고 싶었다. 혼자 따뜻한 빈소를 지키고 있자니 억울하게 죽은 남편의 사인 따윈 나몰라라 하는 아내 같았다. 멋들어지게 차려입고 미련 없이 이별하려 애쓰는 꼴 같아서 다른 사람의 장례식을 찾아온 조문객 같기도 했다. 잔뜩 얼굴을 찌푸리고 맞절을 하는 두이 앞으로 형사가 바짝 다가와 마주 앉았다.

"아마도 사무실을 뒤지던 중에 고인과 마주친 것 같습니다. 몇 시쯤 집을 나섰습니까?"

대략 6시 쯤이었다. 남편은 평소보다 밥을 빨리 먹었다. 손님과 약속을 했느냐고 물었더니 책상 서랍을 잠그지 않은 것 같아서 영 찝찝하다고 했다. 서랍에 돈이라도 숨겨 뒀냐고 두이가 놀리자 남편은 보온병을 숨겼지, 라며 히죽 웃었다. 술은 집에도 쌔고 쌨다는 두이의 말에 남편은 화장실로 가면서 말했다. 보온병 뚜껑을 꽉 안 닫은 것 같아. 다 샜지 싶네. 서랍을 다 망쳐 놨지 싶어. 남편의 걱정이 너무 터무니없어서 두이는 혼잣말인 양 중얼거렸다. 이미 다 버려 버린걸. 바지를 추슬러 입으며 화장실에서 나오는 남편에게 매실차라도 한 잔 마시고 가랬더니 남편은 불도 끄고 온 것 같다고 했다. 불을 켜 두고 왔어야 했는데. 그래야 손님들이 다시 오는데. 두이는 그런 남편이 어쩐지 우스워서 불 끈 김에 퇴근한 셈 치라 했지만 남편은 고개를 저었다.

현관에서 신발을 신으며 남편은 호기롭게 말했다. 내가 우리 집을 얼마나 비싸게 파는지 잘 봐라. 내가 진짜 로또 터뜨린다. 그 말에 참았던 웃음이 터졌다. 넌 정말 왜 그러니, 시비조로 농담을 걸었다. 남의 집 비싸게 팔아야지, 당신은 어째 내 집 비싸게 팔 생각을 하니? 당신은 정말 직업 바꿔야 돼. 평생 주고받던 말이어서 적절한 대답을 서로에게 요구하지 않았다. 으레 그래 왔듯 남편은 신발장 위에 올려 두었던 열쇠를 챙기며 두이에게 큰소리를 쳤다.

"피곤한 소리 마라, 적성에 맞게 집 잘 팔아서 이제부턴 놀며 살 거다. 두 번은 안 놓친다."

곧이어 현관문 닫히는 소리가 들렸다. 여보 가네, 짓궂은 남편의 목소리가 메아리처럼 울려 퍼졌다. 두이는 무릎이 아파서 싱크대 앞에 구부정하게 서서 남편의 밥그릇을 개수대에 담갔다. 수돗물을 틀어 물이 채워질 때까지 내려다보다가 도로 텔레비전 앞에 앉았다. 무슨 프로그램이었는지는 기억 나지 않고 자세를 고쳐 앉을 때마다 이렇게 중얼거린 것만은 또렷하게 기억했다. 이따가 또 술 먹을 테니까 설거지는 내일 아침에.

형사는 자신만만했다. 반드시 범인을 잡아서 본때를 보여 주겠다고 호언장담했다. 인근에 사는 강도 전과자들의 목록을 추려 내고 있는 중인 데다가 CCTV로 범인의 동선을 파악하고 있으니 곧 좋은 소식을 들려줄 수 있을 거라고 기고만 장했다.

"좋은 소식이라니요?"

"금방 잡아들이겠다는 얘기입니다."

"잡아서 뭐 어쩌려고요?"

"벌 받게 해야죠."

"누군지 알겠어요?"

"아직은 모릅니다."

형사가 점퍼 안주머니에서 핸드폰을 꺼내 두이에게 보였다. CCTV에 찍힌 범인의 모습이 화면에 떴다.

"키는 180 정도고요, 그다지 젊은 사람은 아닙니다."

두이의 눈에는 호리호리한 체격이지만 중키에 젊은 남자처럼 보였다. 검은색 트레이닝복 차림, 등산 모자와 마스크를 쓴 남자는 버스 정류장을 지나치는 중이었다.

"제 눈에는 그렇게 안 보여요."

"저희는 척 보면 대충 압니다."

"이 사람이 죽인 거예요?"

"이 사람입니다."

"본 적 있으세요?"

"이런 사람은 너무 자주 봤어요. 너무 많아요, 이런 사람은."

형사가 짧은 영상을 틀어 두이에게 보였다.

"걸음걸이를 보세요."

두이는 실눈을 뜨고 핸드폰의 작은 화면을 들여다봤다.

"이런 사람은 살면서 아주 많이 봤어요."

"처음 봤다는 말씀이시죠?"

"흔하다고요."

"모르는 사람이란 말씀이네요."

형사가 핸드폰을 다시 속주머니에 집어넣었다.

"혹시 궁금하신 거라도?"

두이는 고개를 저었다. 이 모든 일들을 아주 오래전에 한 번 겪은 듯했다. 살면서 몹쓸 일을 한 번쯤 겪을지도 모른다고 막연히 예감하긴 했어도 그게 남편의 죽음일 줄은 몰랐다.

"그 사람 혼자 남을 걸 걱정했는데. 그러고 보니 내가 그것만 걱정해서 무서워하지 않고 살았던 것 같아요."

일어서는 형사의 등 뒤에 대고 두이가 말했다.

"저도 같은 걱정을 하고 삽니다. 사람 사는 것 다 같겠지만, 끌어안은 걱정까지 비슷한 걸 보면 결국 나라고 이런 일 겪지 않으리라는 법은 없다는 생각입니다."

두이는 그의 말을 옳다고 여기면서도 형사가 할 소리는 아닌 것 같아 반문했다.

"어떤 도둑이 형사 집을 털겠다고 덤비겠어요?"

"모르시겠지만 저 죽이겠다는 놈들도 많습니다."

남편을 죽인 범인을 잡으면 그도 형사를 죽이겠다고 덤빌까, 문득 그런 생각이 들었다. 형사의 말대로라면 누군가를 벌주는 일이야말로 용기가 필요한 일인 듯했다. 어떤 식으로든 나쁜 일에 연루되면 인생이 돌연 나쁜 쪽으로 방향을 틀 위험도 커지게 마련인 걸까. 두이는 저도 모르게 침을 삼켰다.

"무섭겠어요."

"저야 그렇지만 하나도 안 무서워하시는 것 같아 보입니다."

"나도 무서워할 일인가요?"

"원래 이런 일에는 눈물이 안 난다고는 합니다만."

형사가 입술을 굳게 다물고 영정을 바라보았다.

"그나저나 집에는 가셔도 되지만 사무실은 출입 금지입니다. 아시죠?"

"아니요 몰랐어요. 이런 일 처음인데 어찌 알겠어요?"

형사가 운동화를 신다 말고 실소를 터뜨리며 화답했다.

"그러게요, 왜 안다고 생각했나 모르겠네요."

아무리 이런 일에 이골이 난 형사라지만 장례식장에서 웃다니. 두이는 형사가 이미 다 알고서 그런 말을 하고, 심지어 웃기까지 한 게 틀림없다고 직감했다. 수사 중에 두이의 가족관계등록부를 훑었고 그 종이 쪼가리에서 두오를 알아본 거라고 짐작했다. 내심 마뜩지 않던 형사의 언행들이 그제야 이해되었다. 살인 전과자의 누나를 위로하기가 꺼려졌을 테고, 살인자를 길러 낸 가족의 장례를 애도하기도 썩 내키지 않았을 터였다. 두이의 증언과 도움이 필요했겠지만 내심 사필귀정이라고, 인과응보라고 여기면서 비극의 맥락을 이해하고 수긍하면서 가해자가 피해자가 되지 말라는 법은 없지, 중얼거렸을 것이다.

두오가 죽인 게 아니에요. 두오는 모르고 그런 거예요. 누누이 말하던 시절이 잠깐 있었다. 그때는 일단 아니라는 말부터 하고 봤다. 잠시에 불과했지만 두오가 죽였다는 사람은 두이의 안중에 없었다. 두오에게 왜 이런 일이 생겼는지 억울해하면서 살인 혐의로 체포될 위기에 처한 동생의 급박한 처지만 눈에 밟혔다. 너무 억울한 나머지 의심은커녕 내 동생은 그럴 사람이 아닙니다, 하고 두오의 무고를 맹신했다.

벌써 30년도 훨씬 지난 일이었다. 이제 와서 누가 배두오는 어떤 사람이냐고, 그럴 만한 사람이냐고 묻는다면 예전처럼 대답하기란 불가능했다. 그렇게 타고난 사람이 있을 리 없다는 게 두이의 유일한 진실이었다. 그럴 만한 사람이었냐고 묻는 그 사람은 나와 다른 진실을 믿는 사람이고, 그렇게 믿는 사람이야말로 그럴 만한 사람으로 돌변할 가능성이 가장 클 수밖에 없다고 두이는 생각했다. 사람의 평생을 함부로 재단해서는 안 된다, 두이가 살면서 얻은 유일한 믿음이자 희망이었다.

두오는 자신이 어떤 사람인지 전혀 궁금해하지 않는다. 두오에 대해서 두이가 얻은 진실은 그 하나뿐이었다. 그러니 시간을 되돌려 그 일이 있기 전으로 돌아가 봐야 달라질 일은 크게 없을 거였다. 어디서부터 잘못되었는지를 따지자면 너무 많은 시간들을 거슬러 올라야 했다. 그러면 온 가족이 공범 같았다. 뜻밖의 사정들과 변수들을 참고하고 고려해서 우연이 빚은 실수라고 우기면 그 말들이 전부 필연의 근거가 됐다. 돌이켜 보면 다른 여지의 가능성을 바라는 것도, 다른 삶을 꿈꾸는 일도 모조리 바보짓이었다. 과거를 되짚지 않고 다가올 미래를 내다보며 살도록 허튼 약속이나마 대신 했어야

했다. 두오의 잘못이 아니라고 우길 게 아니라 같은 잘못을
두 번 하진 않을 거라고 무턱대고 자신할 일이었다.

3

1980년 2월 두오의 고등학교 졸업식이 있던 날, 그 일이 벌
어졌다. 전국의 오일장을 돌아다니면서 크고 작은 짐승들과
그보다 크거나 작은 연장들을 팔러 다니느라 내내 집을 비우
던 아버지는 두오의 졸업식에 맞춰 집으로 돌아왔다. 아버지
가 돌아오자마자 두오의 귀가는 눈에 띄게 늦어졌다. 어머니
의 기상 시간은 훨씬 앞당겨졌다. 아버지는 어머니가 교회에
다니는 걸 대놓고 싫어해서 뒤를 졸졸 따라다니며 강요했다.
다시는 교회 안 간다고 말해. 그럴 때마다 어머니는 가타부타
대답하지 않고 줄기차게 기침을 했다. 아버지는 아랑곳하지
않았다. 내 돈을 함부로 남한테 갖다 바치지 말라고, 알겠냐
고 모르겠냐고 끈질기게 가르쳤다.
　그 주 내내 어머니는 아버지의 눈을 피하려고 도망치듯 집
을 나가 새벽기도를 하고 아침을 먹기 전에 숨어들 듯 돌아
왔다. 길어야 열흘, 아버지는 그 이상 머물지 않았다. 고작 열
흘만 참으면 되는데, 어머니가 무리하게 감행하는 외출이 두

이는 영 못마땅했다. 집 안 곳곳에 주님이 계신다더니 왜 매일 안달복달하며 교회를 찾을까. 아무리 이해하려 애써 봤자 고의가 다분한 실수로밖에 보이지 않았다. 기도가 절박해서가 아니라 아버지의 화를 북돋으려는 심산 같았다. 잠시 머물다 떠나기를 반복하는 아버지가 미워서, 곧 떠날 사람의 말을 애써 들을 필요 따윈 없다는 계산에서 그러했을지도 몰랐다. 두이가 할 수 있는 최선은 어머니의 헌금과 십일조를 내 주는 것뿐이었다. 짧은 여행을 보내 준다는 기분으로, 비싼 고기를 사 준다는 기분으로 두이는 어머니의 손에 돈을 쥐여 주었다.

그즈음 두이는 시내의 화장품 대리점에서 근무했다. 빨간 자전거를 타고 화장품을 담은 가죽 가방을 메고 인근의 여자 전문 직업학교와 방직공장을 돌아다니며 콜드크림과 파운데이션, 아이섀도와 립스틱 등을 팔았다. 벌이가 쏠쏠해서 두오도 툭하면 용돈을 받아 갔다. 그런 날이면 두오는 교복 차림으로 술냄새를 풍기며 귀가했다. 술에 취해 우리 집 마당은 왜 이리 밝냐고, 우리 집은 왜 이리 머냐고 주저리주저리 떠들며 들어오는 두오의 기척을 두이는 숨죽여 듣곤 했다. 할머니가 죽은 지 3년이나 지났지만 여전히 담배 냄새가 배어 나오는 방바닥에 누워서 두이는 혼자 대답했다.

우리 집이 꼭대기에 있어서지, 가파른 오르막길의 가장 높은 데 살아서지, 뭘 왜냐고 물어, 묻기를.

졸업식 날 아침 두오는 꼭두새벽부터 수선을 떨었다. 학창 시절 내내 지각과 결석을 일삼던 모습이 무색할 정도였다. 마당의 펌프는 얼다 녹기를 반복하다 아예 얼음덩어리가 되어 버린 지 오래여서 씻을 데라곤 부엌뿐이었다.

두오는 오랜만에 가제 수건을 적셔 몸 구석구석을 닦았다. 가마솥의 뜨거운 물을 대야에 퍼 담는 소리가 요란했다. 더러운 물을 내다 버리려고 두오가 부엌 밖으로 몸을 내밀 때마다 몸에 남은 물기가 버쩍버쩍 얼었다. 댓바람에 깬 어머니는 네가 새벽부터 설쳐 대는 바람에 주님 보러 가기는 글렀다고 우는소리를 했다. 발가벗은 아들의 옆을 무시로 지나다니면서 바가지에 뜨거운 물을 담아다가 마당의 펌프에 부우면서 쉴 새 없이 중얼거렸다.

"오늘처럼 중요한 날에, 오늘 같은 큰일을 앞두고. 주여, 주여."

두오는 간밤에 끓여 둔 숭늉으로 대충 요기를 하곤 나갈 채비를 서둘렀다. 밑단에 고무줄을 넣은 검은 가죽점퍼와 통넓은 검정 바지를 입고 한껏 멋을 부렸다. 껴입은 옷이 도통 따뜻해 보이지 않아서 두이가 다른 옷을 입고 가라고 말려도 두오는 듣지 않았다. 지퍼를 목 끝까지 채우고 바지 뒷주머니에 양손을 꽂고 건들거리면서 집을 나섰다. 두이는 종종걸음으로 그 뒤를 따라갔다.

아랫집에 사는 두오의 친구 박오식이 기척을 듣고 뛰어나왔다. 둘의 옷차림이 비슷했다. 걷는 모양새도 판박이였다. 두이는 길 한가운데 서서 두오와 오식이 어깨를 부딪치며 나란히 걷는 모습을 한참 바라보았다. 곧이어 골목길 입구에 사는 조낙호도 가죽점퍼 차림으로 뛰어 올라왔다. 셋 다 고만고만한 키에 옷차림도 비슷한 데다 주머니에 두 손을 집어넣은 모양새도 판박이였다. 꼭 서로를 흉내 내기로 작정한 애들 같았다. 세쌍둥이 같은 모습으로 빠르게 사라지는 그들의 뒷모습을 바라보다가 두이는 소리 높여 두오를 불렀다.

"두오야."

셋이 동시에 뒤를 돌아보았다. 너나없이 왼쪽 팔을 길게 뻗어 좌우로 흔들었다. 질세라 두이도 두 팔을 흔들었다. 동네 사람들은 저렇게 해괴망측한 차림으로 몰려다니다가 언젠가 큰일을 낼 거라 혀를 찼지만, 두이가 보기에는 저렇게 몰려다녀서 언젠가 큰일을 이룰 것 같아 든든하고 대견했다. 두이는 세 사람이 끈질기게 붙어 다니는 이유를 충분히 이해해서 그들이 점점 동네의 골칫거리로 취급받고 문젯거리를 만들고 있다는 걸 알면서도 늘 편을 들었다. 그 애들이 어떻게 살아났는데, 그걸 다 알면서 무리 지어 다니는 걸 빌미잡아 함부로 미래를 예단하는지, 어쩌자고 억지로 기를 죽이려고 드는지, 왜 무리 지어 뒷말을 해 대는지.

어디 그뿐일까. 동네 사람들은 자전거를 타고 출퇴근하는 두이에게 노처녀라고 놀리면서 길 한가운데 세워 두고 화장품으로 가득 채워진 가죽 가방을 들여다보았다. 얼굴이 뽀얘지는 크림은 없냐, 자기 몸을 더듬으면서 이건 어디다 바르는 거야? 물었다. 두이가 나누어 주는 샘플을 주머니에 넣으면서 너는 네 애비를 닮아 역마살이 꼈나 보다, 맨날 자전거 타고 돌아다니는 걸 보면, 살갑게 말을 걸면서 실제로는 겁을 줬다. 네 엄마 불쌍해 죽겠다. 나중에 네 아버지처럼 멀쩡한 사람 불쌍한 꼴 만들지는 말아라, 응?

약속한 시간에 딱 맞춰 졸업식장에 갔지만 두오는 보이지 않았다. 운동장에는 이미 졸업식을 준비하는 학생들이 줄을 맞춰 대기 중이었다. 두이는 열의 오른쪽과 왼쪽 끝을 찬찬히 살펴보았다. 교복 차림인 학생 무리에서 가죽점퍼를 입고 있는 사람은 단 한 명도 보이지 않았다.

식이 거의 끝날 즈음 어디서 나타났는지 두오가 두이 옆에 털썩 앉았다. 담배 냄새가 물씬했다. 아버지가 두오의 정수리를 냅다 갈기자 어머니는 몸을 한껏 옹송그린 채 돌아앉았다. 두이도 기가 차긴 마찬가지였다. 두오의 등 뒤에 오식과 낙호가 나란히 서서 제 가족들을 찾느라 두리번거렸다. 셋은 누구에게 받았는지 모를 화환을 목에 걸고 싱글벙글했다.

두이는 가방에서 얼른 카메라를 꺼냈다. 들뜬 표정으로 어깨동무를 하고 짝다리를 하고 서 있는 세 사람을 여러 장 찍은 뒤에야 오식과 낙호는 자리를 떴다. 그제야 아버지와 어머니가 두오 옆에 섰다. 두오는 좀 전과 달리 빳빳하게 서서 굳은 표정을 지었다. 보다 못한 두이가 두오의 목에 걸려 있던 화환을 빼내어 아버지와 어머니의 목에 차례로 걸어 주고 사진을 찍었다.

식이 끝난 후에는 학교 앞 중국집에 가서 짜장면과 탕수육을 먹었다. 음식이 나오기 전부터 두오는 후배들이 마련한 축하 자리에 가야 한다고 엉덩이를 들썩였다. 두오의 말을 들은 체도 않던 아버지가 이과두주를 시켜 혼자 먹기 시작하자 어머니는 아예 수저를 놓았다. 두오는 자기 몫의 짜장면을 다 먹자마자 먼저 일어섰다. 아버지가 이과두주 세 병을 마실 동안 모녀는 퉁퉁 불은 면발을 젓가락으로 뒤적거렸다. 집으로 가는 길에 아버지가 저만치 앞장서서 걸으면서 사내새끼는 군대부터 가야 된다고 분통을 터뜨렸고 어머니는 나지막한 목소리로 성경을 읊었으며 두이는 굳이 점장에게 아쉬운 소리를 해 가며 휴가를 낸 게 아깝기만 했다.

저녁을 먹을 참에도 두오는 돌아오지 않았다. 밤이 깊어도 깜깜무소식이었다. 두오가 두이의 방에 신발을 신은 채로 들어섰을 땐 자정무렵이었다. 두오의 가죽점퍼가 온통 핏자국이었다. 캄캄한 방에서 두오는 횡설수설했다. 아무 소리도 안 나더라고, 아무리 정신을 잃더라도 주먹질을 당하고 발길질을 당하면 억 소리라도 내기 마련인데 그 새끼는 조용하더라고. 그래서 죽은 줄 알았다고, 피범벅이 된 가죽점퍼를 벗지도 않고 두이의 머리맡에 앉아 두서없는 말을 쏟아 냈다.

"죽은 놈이 아니고선 그렇게 조용할 리가 없거든, 누나야, 나는 딱 두 대밖에 안 때렸다. 옆구리를 한 번 찼을 뿐인데, 이미 죽었더라. 나한테 맞아서 죽은 게 아니다. 나는 죽은 놈을 팼지, 산 놈을 팬 게 아니라니까. 누나, 듣고 있어?"

4

여덟 살에 처음 학교에 발을 들인 후 고등학교를 졸업할 때까지 두오는 결코 혼자 다니는 법이 없었다. 배두오와 박오식, 조낙호는 어릴 적부터 붙어 다녔다. 원래는 넷이었는데 열두 살 무렵 그들 중 하나가 죽었다. 동네의 어린애들 사이에 장티푸스가 돌던 해였다. 골목길 입구에 사는 아이들부터 차례차례 앓기 시작했다. 병은 가가호호 가정방문이라도 하는 양 길을 따라 아이들을 순서대로 넘어뜨렸다. 오르막길의 맨

끝집에 사는 두오가 가장 늦게 장티푸스 진단을 받았다. 아이들은 모두 격리 조치되었고 어른들도 집 밖 출입을 엄두조차 내지 못했다.

어머니는 두오를 내리 보름 동안 바깥채에 눕혀 두곤 아무도 드나들지 못하도록 방문을 지켰다. 두이가 아무리 병원에 가자고 해도 막무가내였다. 펄펄 열이 끓어오르는 두오를 솜이불 위에 눕혀 놓고 그 위에 다시 무거운 솜이불을 덮었다. 온종일 아궁이에 장작을 집어넣었다. 열을 내야 한다, 바짝 달구어야 병이 죽는다고 한낮에도 장작불을 피웠다. 두오는 고열 때문에 하루에도 서너 번씩 정신을 잃었다. 아프다고 말할 기력조차 없어서 죽은 듯 앓았다. 며칠 지나지 않아 이불이 홀딱 젖었지만 차도는 전혀 없었다. 젖은 몸에서 시큼한 냄새가 진동했다.

혼몽 속에서 두오는 어머니의 기도 소리를 들었다. 눈을 뜨면 베갯머리에 미음 한 그릇이 놓여 있었다. 간간이 누나가 병원에 가자고 말하는 소리를 들었다. 우리가 할 일이 아니다, 그러는 어머니의 대답을 들을 때마다 두오는 엄마가 날 죽이려고 작정했다는 생각에 무거운 이불 속으로 파고들었다. 아버지는 알고도 돌아오지 않는 것 같았다. 어머니는 나를 팔팔 끓여 죽인 다음 주님께 떠넘길 모양이라고 지레 겁먹었다. 난생처음 남의 자식일지 모른다는 의심이 들었는데 다 낫고 나서도 아무한테 물어보지 못했다.

두오가 드러누운 지 2주쯤 되었을 때 오식이네 아랫집 사는 만호 엄마가 담벼락을 붙잡고 큰 소리로 울기 시작했다. 해가 쨍쨍하게 내리쬐는 한낮이었다. 적막한 골목을 따라 울음소리가 길게 울려 퍼졌다. 그 소리가 너무 커서 두오는 바로 아랫집에 사는 오식이 죽은 줄 오해했다. 잔뜩 겁먹은 두오가 누나를 찾았지만 두이는 학교에 가고 없었다. 누나, 누나 울면서 부르는 소리를 듣고 어머니가 방으로 들어왔다.

"만호네 아버지가 지나갔다. 오식이 누나도 죽었단다. 지게에 애를 얹고 동네를 도는 중이란다. 너는 문도 열지 말고 숨도 쉬지 말아라, 그래야 산다."

어머니가 이불을 두오의 머리끝까지 덮어 주곤 방을 나갔다. 마치 이 방에는 아무도 없는 것처럼 온종일 켜 두었던 백열구도 끄고 나갔다. 혼자 남은 두오는 만호와 오식이 누나처럼 오늘 밤을 넘기지 못할까 바들바들 떨었다. 온몸이 물렁물렁해지고 바닥은 물이 차오른 듯 두둥실 요동쳤다. 두오는 저도 모르게 어머니의 기도를 따라 하기 시작했다.

"주여, 주여, 나를 구하소서."

두이는 하굣길에 동네 애들 둘이 죽었다는 이야기를 들었다. 전력을 다해 집으로 달렸다. 들고 있던 가방을 마루에 내던지고 광에서 자전거를 꺼내 말리는 어머니를 뿌리치고 두오를 등에 업었다. 등짝에 업힌 두오가 너무 가벼워서 자전거 바퀴를 세게 굴릴 때마다, 바람이 거세질 때마다 툭 굴러떨어질 것 같았다. 두오의 늘어진 팔을 연신 가슴팍 쪽으로 끌어당겨 가며 두이는 내처 발을 굴렀다. 병원에 도착하자마자 두오는 격리 조치되었다. 두이는 쫓겨나듯 빈 자전거를 끌고 집으로 돌아왔다.

이튿날 두오의 열이 내렸다. 뒤이어 오식과 낙호도 차례차례 입원했다. 셋은 한날한시에 바짝 말라 시커메진 안색으로 비틀거리며 퇴원했다. 멀리서 보면 누가 누구인지 알 수 없을 정도로 닮은꼴이었다. 낙호만은 아무리 시간이 흘러도 안색이 원래대로 돌아오지 않았다. 눈 밑에 반달 모양의 푸르스름한 그늘이 생겼는데, 완치 후에도 영 사라지지 않아서 늘 어디 아픈 사람 같았다. 오식은 누나한테 병을 옮겼다는 자책감에 몽유병이 생겼고, 두오는 아버지와 어머니가 친부모가 아닐지도 모른다는 의심을 떨쳐 내지 못해 밖으로만 나돌았다. 바깥채를 제 방으로 삼은 것도 그때부터였다.

살고 죽는 건 우리의 소관이 아니라서, 자기 자식이 또 병을 옮길까 두려워서, 반드시 격리하라는 학교 공지문을 어길 수 없어서, 이런저런 이유로 골방에 아픈 자식들을 숨기기만

했던 무지한 부모들의 품에서 아이들을 끄집어낸 사람이 자기라서, 두이는 그들의 삶이 기적 같았고 그 기적의 주인이 자기 같았다. 엎어지다시피 기대어 있던 두오를 등에 매달고 자전거 페달을 밟던 그날의 감각대로라면 두오는 벌써 죽었던 것만 같았으니까. 만호네 아버지처럼 오식이네 어머니처럼 죽은 애를 업고 울면서 돌아다니는 기분이었으니까.

5

타지에서 온 사람이 죽은 채 발견되었다는 소식이 동네에 파다하게 퍼져 나갔다. 숨이 끊어질 때까지 구타당한 게 명백한 시신은 학교 뒤 소각장 앞에 웅크리고 누운 자세였는데, 영하를 밑도는 한겨울 추위 탓에 이미 딱딱하게 굳어 있었다. 그는 이틀 전 고등학교를 졸업하고 동갑내기인 사촌의 졸업식을 축하하러 가족과 함께 들렀다가 무참히 죽었다.

죽은 그의 가족들은 사촌의 집에서 일찌감치 잠드는 바람에 그의 외출을 전혀 몰랐다. 동갑인 사촌이 말하기를 밤중에 어른들 몰래 담배를 사야겠다고 해서 길 건너 오르막 초입에 있는 작은 가게를 알려 줬는데 그러곤 어찌 되었는지 모른다고 했다. 그러면서 덧붙이기를 동네에 행실이 나쁘기로 유명한 패거리가 있는데, 그들이 바로 그 길에 줄줄이 모여 산다고 일렀다. 두오와 오식, 낙호를 일컫는 말이었다.

두오의 말에 따르면 그는 오식과 낙호와 함께 학교 뒤 소각장에서 막걸리를 마시던 중이었다. 학창 시절 내내 오갈 데 없는 밤마다 죽치고 앉아서 놀던 곳이었다. 마지막 등교를 기념하며 마시던 술이 얼큰하게 오르자 두오는 소각장에 불을 질렀다. 순식간에 커다란 불길이 솟구쳤다. 셋은 나란히 서서 치솟는 불길을 구경했다. 이글거리는 불꽃이 금방이라도 학교를 태울 듯이 넘실거렸다. 불붙은 종이들이 너울거리며 허공중으로 날아오르고 매캐한 연기가 시커멓게 피어올랐다.

두오는 뒤로 물러서서 어두컴컴한 학교를 올려다보았다. 알 수 없는 울화가 들끓었다. 뒤지자. 뭐라도 가져가자. 두오가 벌겋게 상기된 얼굴로 말했다. 저 안에는 돈이 될 만한 물건이 차고 넘칠 거라고 부추겼다. 오식이 손사래를 치자 낙호도 도리질을 치며 싫다고 했다. 둘은 점점 커져 가는 불길에 홀린 듯 꼼짝하지 않았다. 불이 사그라들 때까지 내리 구경만 할 태세였다.

두오는 어깨를 으쓱하곤 혼자 학교 안으로 들어갔다. 문이 잠긴 교무실과 행정실을 제외하곤 4층부터 1층까지 낱낱이 뒤졌지만 돈이 될 만한 물건은 보이지 않았다. 책상 서랍에는 지난 교과서들만 차곡했고 사물함에는 여름 교복이 태반이었다. 빈손으로 돌아갈 순 없어서 두오는 찌든 체육복과 낡은 신발 서너 켤레를 챙겼다. 소각장에 넣고 태워 버릴 셈으로 순전히 재미나 볼 생각이었다.

두오가 옷가지를 한아름 안고 돌아왔을 때는 이미 일이 벌어진 뒤였다. 한 남자가 바닥에 엎어져 있고 오식과 낙호가 그 옆에 서서 욕을 하며 쓰러진 남자를 일으키던 중이었다. 그사이 불길은 잦아들어 소각장 주위에 짙은 연기가 자욱했다. 두오는 들고 있던 옷으로 코를 막았다. 땀 냄새가 퀴퀴하게 풍겼다. 여태 마신 술이 왈칵 치밀어 올랐다. 두오는 옷가지를 바닥에 내던지며 구역질을 했다. 끈적끈적한 위액까지 토하고 나서야 구토는 겨우 멈추었다. 입가가 온통 침 범벅이었다. 두오는 억지로 가래를 끌어 올려 바닥에 뱉었다. 소매로 입 주변을 훔치며 오식과 낙호에게 다가갔다. 그들은 격앙된 목소리로 외쳤다.

"이 새끼 밟아, 확 죽여."

말이 떨어지기가 무섭게 두오는 남자를 향해 돌진했다. 발끝에 온 힘을 실어 남자의 옆구리를 걷어찼다. 순간 발끝이 무지근해지면서 선뜩했다. 놀란 두오가 남자의 배 아래로 발을 밀어 넣어 뒤집었다. 남자의 등이 바닥에 닿자마자 두오는 한 발을 높이 들어 올려 가슴팍을 내리찍었다. 마르고 빼빼

한 몸이 맥없이 들리더니 푹 가라앉았다. 남자는 미동은커녕
숨소리조차 내지 않았다. 오식과 낙호가 슬금슬금 다가왔다.
두오가 남자의 두 팔을 잡아 일으켰다. 사지가 축 늘어져 한
없이 무거웠다. 자꾸만 뒤로 꺾이는 허리를 잡아 반듯하게 세
우자 남자의 고개가 뒤로 홱 꺾였다. 반쯤 뜬 눈 사이로 핏발
선 흰자위가 드러났다.

"죽었어, 죽었어."

"죽긴 뭘 죽어."

"안 죽었어."

오식과 낙호가 한마디씩 대꾸했다.

"이게 죽은 거지, 산 거냐?"

두오가 남자를 잡고 있던 팔을 빼내며 큰 소리로 물었다.
남자가 다시 흙바닥 위로 푹 쓰러졌다. 오식이 어리둥절한 표
정으로 낙호에게 물었다.

"네가 그랬어?"

낙호가 세차게 고개를 저으며 두오를 바라보았다.

"튀자, 일단 튀자."

두오가 후다닥 일어나 교문을 향해 달려 나갔다. 낙호와
오식도 숨 가쁘게 두오의 뒤를 좇았다. 숨이 턱 끝까지 차올
랐지만 쉬지 않고 달렸다. 동네 초입에 다다라서야 셋은 담벼
락에 이마를 대고 서서 숨을 골랐다.

"아무도 못 봤어."

낙호가 두리번거리면서 말했다.

"정당방위였어. 그 새끼가 먼저 덤볐어."

오식이 담벼락에 기대어 쭈그리고 앉아 맞받아쳤다.

"조용히 해. 담배 있어?"

두오는 오식이 내어주는 담배를 입에 물었다. 오식과 낙호도 묵묵히 담배를 피웠다.

"손 시려 뒈지겠다."

낙호가 절반 넘게 남은 담배를 바닥에 던졌다.

"일단 집에 갈까."

오식이 물었다.

"같이 있자. 무섭다."

두오가 주위를 두리번거리며 말했다.

"그러다간 우리 셋 다 잡혀."

오식이 검지를 까닥거리며 셋 모두를 가리켰다.

"오줌 마렵다."

낙호가 두 손을 빠르게 비볐다.

"우리 아직 열여덟 살이다."

오식이 두오와 낙호의 얼굴을 번갈아 바라보며 말했다.

"군대 가는 셈 치고 소년원 가면 돼."

두오의 점퍼가 온통 피투성이였다. 오식과 낙호의 옷은 깨끗했다.

"한 놈만 가자. 우리 셋 다 갈 필요 없잖아."

오식이 두오의 점퍼를 쳐다보며 말했다.

"난 안 때렸어. 내가 갔을 땐 이미 죽어 있었다고."

두오가 발뺌하자 오식이 달려들었다.

"원래는 네가 더 팼잖아. 다른 놈들 팰 때는 네가 늘 먼저 시작했잖아."

잠자코 둘의 대화를 듣던 낙호가 난처하다는 듯 눈치를 살피며 말했다.

"두오 너네 아버지는 집에 잘 없잖아."

오식이 맞장구를 치며 두오를 달랬다.

"우리는 잡히기 전에 아버지한테 먼저 죽을 거야. 넌 괜찮을 거야. 적어도 우리보다는."

죽은 남자의 사인은 횡격막 파열로 인한 심정지였다. 그 말을 듣자마자 두오는 정말로 자신이 그를 죽였을지도 모른다는 생각에 순순히 형사에게 거짓을 고했다. 오식과 낙호가 빈 교실을 털러 가는 동안 남자와 싸움이 붙었다고. 넘어진 남자의 옆구리와 가슴팍을 연달아 발로 찼다고. 오식과 낙호가 돌아왔을 때 남자는 이미 죽었다고. 불을 좀 빌려 달라기에 담배를 주면 불을 주겠다고 했더니 남자가 기분 나쁘게 웃어서 한 대 쳤다고. 솔직히 죽을 만큼 때릴 마음은 아니었는데, 그렇게까지 누굴 때려 본 적은 없는데, 남자가 맞는 동안에도 자꾸 피식피식 웃는 바람에 멈출 수가 없었다고. 두오는 오식이 했던 말을 그대로 따라 하면서 덧붙였다.

"자꾸 웃으니까 내가 지는 것 같잖아요."

두오는 곧장 구속되어 구치소로 넘겨졌다. 오식과 낙호가 구치소에 수감된 두오를 찾아와 울면서 말했다. 우리가 너한테 큰 빚을 졌다. 평생 갚을게. 그 순간 두오는 일면식 없는 동갑내기 남자를 죽인 죄를 뒤집어쓴 게 무척 뿌듯했다. 평생을 약속한 든든한 친구들이 있어서, 그들을 도운 자신이 참으로 자랑스러워서 두오는 스스로에게 감격했다.

재판은 속전속결이었다. 두오를 구제할 방법은 전무했다. 두오는 거리낌 없이 모든 죄를 인정했다. 후회하거나 반성하는 기색 없이, 위풍당당하게 살인을 인정했다. 방청석에 앉아 재판을 지켜보던 오식과 낙호에게 손인사를 건넬 만큼 재판장에 모인 그 누구보다도 여유 만만했다.

6

어머니는 매일 교회에 틀어박혀 울면서 속죄의 기도를 했다.

"주여, 주여. 우리를 구하기 어려우시다면 그저 이대로 두소서, 시험에 들게 하지 마옵시고 이대로 버려두소서. 우리를 버리소서. 우리를 떠나소서."

기도는 여름까지 이어졌다.

"제가 덜 사랑했나이다, 주여. 제가 더 사랑하겠나이다, 주여."

밤새 기도를 하고도 모자라 새벽마다 허둥지둥 교회를 찾았다. 주님이 우리 집을 떠나지 않는다고, 목사를 붙잡고 하소연했다. 주님이 허구한 날 우리 곁을 따라다니며 우리의 사소한 잘못마저 물어본다고, 이게 지옥 아니면 무어냐고 버텼다. 그럴 때마다 목사는 매달리는 어머니를 부축해 집으로 데려다주었다. 어머니는 마당에 홀로 서서 떠나는 목사에게 울부짖었다.

"주님을 데려가세요. 이대로 가지 마세요."

어머니가 주에게 버림받기를 자처하는 동안 아버지는 하루가 멀다 하고 경찰서와 법원을 오갔다. 두오를 구제할 만한 능력을 조금이라도 갖춘 사람들을 찾아다니며 부탁하고 애원했다. 더는 장삿길에 나서지 않았다. 두오가 교도소로 이감된 후부터는 아예 안방에 틀어박혀 수시로 부엌으로 난 작은 문을 열었다 닫았다. 부엌은 썰렁했다. 주님을 믿는 줄 알았더니 주님이랑 살림을 차렸네. 교회에 가고 없는 어머니를 찾으면서 혼잣말을 했다. 두이가 늦은 저녁상을 차려 주면 먹는 둥 마는 둥 하면서 이 집에 나를 대신할 사람이 없다며 안타까워했다. 두이는 아버지의 칩거를 이해 못 할 바는 아니었으나 아버지의 탄식은 이해하기 어려웠다. 여태껏 가족 중 누구도 아버지의 빈자리를 채우려고 노력하지 않았다. 심지어 아버지도 자신의 빈자리를 온전하게 채우지 못했다.

두이의 삶도 엉망진창이었다. 단골들은 떨어져 나갔고 점장의 태도도 예전 같지 않았다. 유니폼을 갖춰 입고 출근하는 두이를 맞을 때마다 점장은 대놓고 얼굴을 찌푸렸다. 추석을 앞둔 어느 날 점장이 두 팔을 벌려 두이의 자전거 앞을 가로막았다.

"오늘 결단을 냅시다."

두이는 안장 끄트머리에 간신히 걸터앉은 채로 점장의 원망 어린 넋두리를 들었다.

"배 양, 나까지 망신을 주려고 작정했어요? 우리 앞길까지 막을 셈이에요? 좁디좁은 동네에서 배 양이 우리 옷을 입고 화장품을 팔고 다니면 되겠어요? 사람들이 배 양 물건을 사겠냐고요? 어느 누가 배 양 손을 믿고 마사지를 받겠냐고요? 안 그래요?"

점장의 말마따나 사람들은 두이의 화장품 가방에 전혀 관심을 기울이지 않았다. 두이가 공짜로 나눠 주는 샘플마저 거절하기 일쑤였다. 온종일 가방 속에서 이리저리 차이는 바람에 툭하면 화장품 상자가 우그러졌다. 하루에도 서너 개씩, 망가진 화장품의 가격을 변상하느라 아껴 두었던 쌈짓돈을 야금야금 꺼내 썼다. 두이의 고객은 오로지 두이뿐이라 해도 과언이 아닐 지경이었다.

"사람들은 나쁜 사람을 무서워하지 않아요. 슬픈 사람을 무서워해요."

점장이 자전거 뒷자리에 매어 놓은 가방을 가져가며 말을 이었다.

"배 양, 요즘 거울 봤어요? 얼마나 울상인지 알아요?"

"……."

"사람들이 화장품 왜 삽니까? 아름다워지려고 삽니다. 이렇게 슬퍼서는 아름답겠어요?"

말을 마친 점장이 주머니에서 봉투를 꺼내 내밀었다. 두이는 가타부타 말없이 자전거에서 내려왔다. 점장이 한 손으로 핸들을 잡고 다른 한 손으로 두이의 상의 주머니에 반으로 접은 봉투를 집어넣었다.

"배 양, 사람들은 타고난 대로 사는 걸 겁내요, 어떻게든 더 아름다워져야 해요. 그래서 화장품이 잘 팔리는 거예요. 이해하죠? 나도 어쩔 수 없어요."

점장은 미안쩍은지 고개를 한껏 숙인 채 자전거를 끌었다. 두이는 그의 등을 잠시 바라보다 뒤돌아섰다. 주머니에 양손을 찔러 넣고 봉투를 만지작거리며 집으로 걸었다. 발이 천근만근이었다. 빼앗긴 가방을 메고 다니던 어깨가 뒤늦게 시큰했다.

저만치 동네 입구가 보였다. 문 앞에 사과와 배 상자를 꺼내 놓은 구멍가게에서 오식과 낙호가 나왔다. 두이가 서 있는 큰길 쪽으로 건들건들 걸어오는 중이었다. 둘 다 입대를 앞둔 탓에 짧게 깎은 머리가 파르스름했다. 두이는 저도 모르게 얼른 가로수 뒤로 몸을 숨겼다. 서로의 주머니를 뒤지며 장난치는 두 사람의 얼굴은 즐거워 보였다.

몇몇 사람들이 두 사람 곁을 지나갔다. 아예 고개를 반대편으로 돌린 사람도 있고, 고개를 설레설레 내젓는 사람도 있었다. 오식과 낙호는 자신들을 피하는 사람들을 오래 쳐다보았다. 깔보고 얕보는 티를 드러내며 집요하게 쏘아보았다.

그들은 더 이상 지독한 병치레를 앓고 난 직후의 허약한 아이들이 아니었다. 언제든 살아날 방도가 있는 사람처럼 세상에 무서울 것 하나 없이 오만한 얼굴이었다. 언제라도 물의를 일으키고 싶어 안달하는 표정이었다. 두이는 진작 그들에게서 두오를 떼어 놓지 못한 자신이 어리석고 한심했다. 이제 와서 그들을 남들보다 더 사랑했다는 사실을 발뺌할 수는 없는 노릇이었다. 사람 잘못 봤다고 무를 수도 없는 일이었다. 그래서 더 무서웠다. 그들의 잘못을 파고들고 미워하며 지낼 앞날이 두려웠다. 다 들켰다고, 숨을 데도 없다고 동동거리던 어머니의 말이 귓가에 맴돌았다. 이렇게 무서워서는 슬퍼하려야 슬퍼할 수가 있을까. 두이는 왔던 길을 돌아가 점장에게 되묻고 싶었다. 이래도 내가 울상이에요?

4부

언젠가는

떠나기를

바라며

1

장례식이 끝날 때까지 고모의 곁에 있어야 할 것 같아서, 호재는 굳이 서두르지 않았다. 너무 일찍부터 그 자리를 지키고 있다간 너무 이른 때에 슬픔이 밀려나 버릴지도 몰랐다. 울다 보면 으레 화가 났다. 자칫 장례를 치르는 중인 고모를 붙잡고 늘어질지도 몰랐다.

정말로 아버지가 돌아오기를 바라느냐고, 아버지는 아무도 좋아하지 않는다고, 아무도 좋아하지 않는 아버지가 돌아오기를 정말로 원하느냐고, 아버지가 없는 게 익숙하지 않느냐고, 아버지가 없으니 살 만하지 않으냐고. 잔뜩 움츠러든 자신을 감추려 일부러 목소리를 크게 높이면서 부모의 부재를 고모에게 전가하려 들 것이었다. 나마저도 없는 셈 치고 살기를 원한 적 없느냐고, 끈덕지게 물어보곤 기어코 쏘아붙일 터였다. 고모는 내가 좋아? 정말로 나를 좋아해서 키웠어? 그 말로도 모자라서 속에 꽁꽁 숨겨 두었던 말을 토해 낼지도 몰랐다.

고모가 나를 너무 좋아해서, 그 덕에 아버지와 어머니 모두 죄책감 없이 나를 두고 갔냐고. 고모의 선심을 믿고 나를 떠넘겼냐고. 그러니까 나를 선물한 거냐고.

어쨌거나 상상에만 그쳐야 할 질문이었다.

호재야. 나는 네 엄마가 떠나기를 바랐다. 너도 언젠가는 떠나기를 바란다. 때맞춰 떠나도록 돕는 것, 그게 우리의 성공이다. 지금은 때가 아니다.

호재가 그 집을 떠날 때, 두이가 호재를 붙잡으며 했던 말이었다. 지금 다시 묻는대도 돌아올 대답은 그뿐임을 호재는 모르지 않았다.

장례식장으로 가기 전에 호재는 고모의 사무실에 들르기로 했다. 상암동에서 모래내까지, 걸어서 갈 수 있는 모든 길을 머릿속으로 그려 보았다. 충분히 걸어서 갈 수 있는 거리지만 어느 길도 매끄럽게 이어지지 않았다. 가능한 모든 길에 위험이 뒤따랐다. 인도라 할 만한 길들은 너무 한갓졌고 지름길은 엄중한 경비를 통과해야 되는 공유지여서 마땅치 않았다. 그 두 길을 포기하고 에돌아가려면 인적 드문 굴 밑을 지나야 했는데 그 또한 내키지 않았다. 예전에 고모부가 해 준 말대로라면 그 일대는 원래 공동묘지여서 땅을 조금만 파도 뼈다귀들이 튀어나온다고, 귀신들이 우글우글한 길이라서 여차하다간 넋을 내어주기 십상이라고 했다.

게다가 오래전 길을 잃었던 경험까지 떠올리니 걸어서 간다는 일 자체가 무모하게 느껴졌다. 방향조차 가늠할 수 없어서 집과는 정반대 방향으로 무작정 내달렸던 그날을 떠올릴 때마다 호재는 여지없이 깜짝 놀랐다. 고작 두어 시간 만에 어떻게 그 먼 길을 달려갈 수 있었을까. 140센티미터에 불과했던 열 살짜리 꼬맹이가 어떻게? 위험천만했던 그날을 생각하면 호재는 저도 모르게 정말로 뒤를 홱 돌아보곤 했다. 등 뒤에 누가 있을 줄 알고 소스라치듯 돌아보면 정작 아무도 없었다. 아무도 없다는 걸 확인하면 혼자라는 사실에 놀라 식은땀을 흘렸다.

택시 정거장으로 향하면서도 호재는 수시로 뒤를 돌아봤다. 어렸을 때는 어둠 속이 훤히 보이는 순간을 가장 무서워했다. 목욕탕 뒷길 구석에 웅크린 고양이를 보고도 화들짝 놀라던 자신이 이젠 아득했다. 미처 몰랐는데 그날 호재를 옥

죄던 어둠은 하나가 아니었다. 눈앞을 가린 짙은 어둠과 뒤를
바짝 따라오는 텅 빈 어둠.

호재를 겁주는 어둠은 후자였다. 코앞의 미래를 몰라 전전
긍긍하는 것보다 지나온 궤를 알고 뒤돌아보는 일이 훨씬 두
려웠다. 한 치 앞의 어둠과 달리, 한 치 뒤의 어둠은 돌아서지
않는 한 피할 길이 없었으니까.

호재는 광장 앞 벤치에 잠시 앉았다. 주말이라 산책 중인
사람들이 많았다. 대부분 근처 빌딩에서 일하는 직장인일 텐
데 서두르는 기색 없이 광장을 가로질렀다. 어린아이의 손을
잡고 주변을 구경하듯 걷는 부부들도 적지 않았다. 불현듯 고
모부와 나란히 하교하던 시절이 떠올랐다.

고등학교 1학년 때였다. 입학하고 얼마 후부터 호재는 내
리 고모부의 사무실로 하교했다. 유리문을 벌컥 열고 들어설
때마다 입구에 매달린 종이 요란하게 울렸다. 고모부는 뻔히
호재인 줄 알면서도 어서 오세요, 라고 인사하며 반겼다. 구
겨진 바지 자락을 툭툭 털며 유리문 너머로 바깥을 살피면서
편잔을 주었다.

문짝 떨어지겠다, 살살 닫아라.

종은 한참 더 흔들리다 멈췄다. 호재는 낡은 소파에 앉아
숨을 골랐다. 같은 중학교를 졸업하긴 했지만 같은 반인 적은

없던 남학생이 호재의 학교를 찾아온 것은 3월 14일 화이트데이였다. 전국 모의고사가 있던 날이기도 했다.

2

입학하고 처음 치르는 시험이었다. 출석 번호 순서대로 책상을 한 줄씩 길게 배치하고 각자 자리에 앉아 시험 감독 선생님을 기다렸다. 2열 맨 뒤에 앉은 호재는 바로 앞에 앉은 학생의 뒤통수를 빤히 바라보았다. 저마다 헤어스타일이 달랐지만 교복을 입고 한 줄로 앉은 열 사람의 뒤통수를 보고 있자니 어쩐지 기이했다. 남학생과 여학생이 뒤죽박죽 섞여 앉아 있던 중학교 교실 풍경과는 너무 달랐다. 그렇다고 중학생으로 돌아가고 싶지는 않았고 그때와 비슷한 상황이길 바라지도 않았다. 나와 다르다고 할 만한 사람들이 겉으로 보기엔 하나도 없어서 이상했을 뿐이었다. 평균 이하의 성적으로, 내신 1등급 우등생들의 든든한 바닥들이라고 싸잡아 폄훼당하는 동병상련의 처지들이 누구인지 겉만 봐선 전혀 티가 나지 않았다. 학창 시절 내내 그러했지만 호재는 도저히 시험을 잘치를 자신이 없었고 그러고 싶은 마음도 들지 않았다.

2교시 수학 시간이 되자 시험지를 펼쳐 보지 않고 OMR

답안지에 대충 마킹만 하고선 엎드려 자는 학생들이 속출했다. 선생의 눈치는커녕 아직 서먹서먹한 다른 학생들의 시선조차 전혀 개의치 않는다는 투였다. 성적과 등급 따윈 안중에 없다는 듯, 최대한 편한 자세로 잠을 청하는 몇몇을 보고나니 호재도 마음이 놓였다. 호재는 버젓이 답안지의 50문항 전부에 3번을 검게 칠했다. 5분도 채 걸리지 않았다. 감독 선생이 확인 도장을 찍기 쉽도록 답안지를 책상 맨 위에 올려두고 곧장 의자를 뒤로 쭉 뺐다.

2교시를 마칠 때까지 호재는 내처 엎드려 잤다. 그게 뭐든 간에 대놓고 포기하는 짓을 할 때마다 번번이 뿌듯했다. 공부 말고 다른 중요한 일을 수행하는 사람인 양 자신만만한 자세, 내겐 다른 꿈이 있다는 선언을 담은 포기, 수학은 내 인생에 하등 도움될 리 없음을 전면에 드러내는 거라서 호재는 떳떳했다. 어느 선생도 호재의 위풍당당한 포기를 제지하지 않았다. 정말로 열심히 하지 않아도 됩니까? 호재의 등은 그렇게 묻고 있었지만 누구도 호재를 깨워 답해 주지 않았다. 정답을 아는 사람이 아무도 없어서 질문을 던진 사람의 목소리만 나날이 커져 가는 꼴이었다.

시험을 모두 치르고 교문 밖으로 나왔을 때, 길 건너에서 어슬렁대는 남학생 한 무리가 눈에 띄었다. 교문 앞은 대기 중인 차들로 복잡했다. 전부 시험을 치르느라 수고했을 자식들을 기다리는 부모들의 차였다. 호재는 걸음을 재촉했다. 무리 중 한 명이 재빠르게 달려와 호재와 나란히 걷기 시작했다. 건너편 길에 남아 있던 남학생들도 도로를 사이에 둔 채 같은 방향으로 움직였다. 승용차 안에서 자기 자식들을 찾던 부모들이 일제히 호재와 남학생을 주목했다. 호재는 얼결에 길 안쪽으로 비켜섰다. 의도치 않게 남학생에게 자리를 내어 준 꼴이었다.

가까이에서 보니 남학생의 얼굴이 꽤 낯익었다. 같은 중학교를 나온 듯 했지만 그와 어울린 적이 없고 그와 어울리는 부류가 아닌 쪽에서 꾸준히 지내 왔기 때문에 호재는 걸음을 멈추지 않았다. 그의 주머니에서 금속 부딪치는 소리가 들릴 만큼 가까워지자 호재는 더욱 걷는 속도를 높였다. 남학생은 금세 호재를 따라잡았다.

"배호재, 오늘 뭐 해?"

호재가 전혀 관심을 기울이지 않자 남학생은 앞서 걷기 시작했다.

"갑자기 생각나서 보러 왔어."

남학생은 수시로 뒤를 돌아보며 말을 이었다. 정작 호재는 그의 이름조차 기억나지 않았는데, 오랜 친구처럼 구는 남학생을 보니 어이가 없어서 절로 코웃음이 새어 나왔다.

"너, 나 알아?"

호재가 쏘아붙이자 남학생이 호재의 앞을 가로막았다.

"왜? 너는 나 모르고 싶어?"

교차로에 다다르자 조수석에 자식을 태운 승용차들이 줄지어 정차 중이었다. 검게 선팅한 차창 너머로 호기심 가득한 눈초리들이 느껴졌다. 할 수 없이 호재는 우측으로 꺾어 빌라들이 모여 있는 좁은 골목으로 들어갔다. 건너편에서 따라오던 남학생 무리도 우르르 길을 건넜다.

골목 안쪽으로 한참을 더 걷자 항상 대문을 반쯤 열어 두는 단층 주택이 나타났다. 호재는 그 앞에 섰다. 여차하면 그 집 안으로 뛰어들 작정이었다. 180센티미터를 웃도는 거구의 남학생은 주머니에 든 라이터를 꺼냈다. 은색 지포라이터였다. 라이터 뚜껑을 열었다 닫으며 오래전 이야기를 꺼냈다.

"내가 교무실 청소 당번이었을 땐데, 2학년 1학기. 우리 반이 다른 반보다 하교가 빨랐잖아. 나랑 같은 당번인 옆 반 애 담임은 늦게 마치기로 유명했거든. 너희 반 담임 말하는 거야. 여하튼 짜증 나더라고. 별로 친하지도 않은 애를 기다리기는 싫고, 고작 청소 따위를 하려고 혼자 교무실에 가기도 싫더라고. 보아하니 넌 아닌 모양 같은데 나는 혼자 다니는 거 싫어하거든. 친구들과 같이 집에 가야겠는데, PC방도 가야 하는데. 그래서 내가 청소를 계속 빼먹었지. 우리 담임은 신경도 안 썼어. 타인의 취미와 취향을 존중하는 분이었거든. 근데 어느 날 네가 점심시간에 나를 찾아왔잖아. 청소부터 하라고. 대뜸 소리부터 질렀잖아. 약속은 약속이다 어쩌고저쩌고 하면서. 기억나지?"

그의 말을 듣다 보니 떠오르는 장면이 있긴 했다. 하지만 호재의 기억 속 남학생은 왜소한 체구에 헐렁한 교복 차림의 꼬맹이었다. 야, 하고 부르자마자 부스스한 머리칼을 긁적이며 주위를 두리번거리던 쪼다였다.

"내가 너한테 그랬잖아. 죽여 버린다고."

호재가 기억하기로 그 말은 틀림없이 호재 자신이 했던 말이었다.

"네가 왜 그랬을까, 계속 생각했거든. 넌 반장도 아니고 아무것도 아니었잖아. 그래서 생각했지, 네가 뭐라도 되려나 보다. 취미나 취향 말고 대단한 욕망 같은 거 말이야. 근데 졸업할 때까지 넌 계속 아무것도 안 하더라. 아무것도 아니더라고."

남학생이 라이터의 불을 좌우로 흔들었다. 이 덩치가 그때 그 꼬맹이라고? 아주 다른 사람이 되었네. 호재는 기세등등한 그를 올려다보며 내심 감탄했다. 언제 이만큼 자란 걸까, 마냥 신기했다.

"그 말도 약속이라면 약속이지?"

남학생이 한 손으로 조몰락거리던 라이터를 다시 주머니에 집어넣으며 물었다. 목소리를 한껏 높여 거들먹거리는 폼이 가관이었다. 뒤에서 알짱대는 무리가 키득키득 웃었다.

"시험은 잘 봤니?"

호재가 타이르듯 물었다.

"내가 너 보려고 사탐을 포기하고,"

호재는 남학생의 말이 채 끝나기 전에 열린 대문 안쪽으로 뛰어 들어갔다. 커다란 개 한 마리가 말뚝에 묶여 잠을 자다가 호재의 기척에 눈을 치켜떴다. 몸통이 검고 귀가 뾰족한 개였다. 호재는 재빨리 개의 목줄을 말뚝에서 풀어냈다. 개가 꼬리를 흔들며 펄쩍 뛰어올랐다. 호재는 개의 목줄을 붙잡고 대문 밖으로 이끌었다. 남학생이 어리둥절해하며 호재를 쳐다봤다.

개가 앞으로 달려 나가자 호재는 목줄을 바짝 감아쥐었다. 목줄이 팽팽하게 늘어났다. 개는 더욱 높게 뛰어오르며 골목 어귀를 향해 크게 짖었다. 저만치 서 있던 무리들이 우왕좌왕 흩어지고 호재에게 으름장을 놓던 남학생도 슬금슬금 뒷걸음질을 하며 물러섰다. 호재가 크게 외쳤다.

"물어, 물어!"

버스에서 내리자마자 호재는 고모부의 사무실로 뛰어들었다. 저간의 사정을 다 듣고 난 후 고모부는 단정했다. 그놈이 널 좋아하지 않고서는 일부러 찾아와 허튼소리를 할 이유가 없다. 그러면서도 또 그놈이 찾아오거든 가까운 아무나 붙잡으라고, 지나는 택시라도 잡아 세우라고, 운 좋게 버스를 타고 오더라도 곧장 고모부한테 오라고 신신당부했다.

고모부의 걱정과 달리 남학생은 두 번 다시 찾아오지 않았지만, 여름방학이 될 때까지 고모부는 호재가 오기를 기다렸다가 함께 퇴근했다. 퇴근을 하기에는 너무 이른 시간임에도 불구하고 호재가 도착하는 5시 30분만 되면 사무실 문을 잠갔다. 충분히 혼자 갈 수 있다고 아무리 호재가 말려도 고모부는 이제 이 시간만 되면 배가 고파서 못 견디겠다고 부랴부랴 밖으로 나섰다. 삐쩍 마른 몸으로 휘적거리며 걷는 고모부는 누가 봐도 든든한 보호자감은 아니었다. 낮 동안 홀짝홀짝 들이킨 술에 취해 비틀거리다 넘어질 뻔한 적도 많아서 나중에는 호재가 보위하듯 그의 퇴근을 재촉했다.

서로를 걱정하고 채근하면서 걷다가 집 근처에 다다르면 고모부가 냅다 소리를 질렀다. 우리 왔다. 항상 열려 있는 베란다 창문 밖으로 두이의 얼굴이 쏙 나왔다가 사라졌다. 집 안에 들어서면 한창 찌개가 끓어올랐다. 냄새만으로도 군침이 돌았다. 호재가 상다리를 펴는 동안 고모부는 냉장고에 남아 있던 소주를 꺼냈다. 끊임없이 콧노래를 불렀다. 두이는 박자에 맞춰 도마에 칼을 두드리며 김치를 썰었고, 호재는 수저통에서 젓가락을 꺼내 장단을 쳤다. 모두가 잔뜩 취한 사람들처럼 흥에 겨워 같은 노래를 부르는 한때였다.

3

동네는 여전했다. 한때 호재가 살던 곳이기도 했지만 떠난 뒤로는 좀처럼 반가운 마음이 들지 않는 곳이었다. 대로변 뒤쪽으로 허무는 중인 건물들이 제법 눈에 띄었다. 이미 철거가 끝난 뒤라 가림막을 세워 놓고 공사 중인 집도 적지 않았으며 셔터를 내린 상가마다 라카 스프레이로 X자를 그려 둔 곳도 많았다. 상가 뒤 연립주택들은 금방이라도 무너질 듯했다. 건물 현관의 유리창은 깨져 있고, 열린 채로 방치된 창문 너머로 싯누런 커튼이 펄럭거렸다. 다닥다닥 붙어 있는 단층 주택들은 스스로 부서지고 있는 것처럼 지붕이 기울고, 떨어진 기왓장과 널빤지들은 마당에 내팽개쳐져 있었다.

을씨년스러운 풍경 때문인지 몸에 한기가 돌았다. 고개로 이어지는 경사로에는 헌 가구들과 쓰레기가 가득 찬 포대 자루들이 즐비했다. 호재는 외투 주머니에 두 손을 깊숙이 찔러 넣고 어디로 가야 할지 몰라 제자리에서 갈팡질팡했다. 마지막으로 고모부의 사무실을 봐 둘 생각으로 들렀는데, 동네는 말 그대로 박살 난 것처럼 보였다. 고모부만 동네에서 사라진 게 아니라 동네 전체가 통째 사라지는 중이라고 해도 과언이 아니었다.

저만치 상암동의 빌딩들과 고층 아파트들이 한눈에 보였다. 이쪽에서 저쪽을 바라보니 과연 저쪽은 곧 사라질 이쪽의 불안을 잠재울 빛나는 모델하우스였다. 재개발 공사가 모두 완료되면 저쪽에서 바라보는 이쪽은 어떠할까를 떠올려 보니 또 한차례 길을 잃은 기분이었다. 뒷덜미가 서늘해지도록 어두운 밤이 새까맣게 몰려오는 듯했다. 집은 도대체 어디에 있을까. 달려야 하는데, 달리면 달릴수록 집에서 멀어지는 절망감이 되살아났다. 갑자기 핸드폰이 진동했다. 조연출의 메시지였다.

어디?

두 글자에 불과한 그의 메시지가 어쩐지 가소로워서 호재는 답장하지 않았다. 어제 그와 마신 술이 벌써부터 후회스러웠다. 고모부가 다 봤을 것만 같았다. 죽은 몸을 떠나와선 호재의 뒤에 귀신으로 서서 고개를 절레절레 흔들었을지도 몰랐다. 호재는 더 이상 호재가 아니어라, 흥얼흥얼 콧노래를 부르며 나무랐을지도 몰랐다.

저 집에 귀신 산다. 집집마다 다른 내력을 죄다 기억하는 고모부는 가끔씩 호재에게 오래전에 죽었으면서 여전히 같은 집에 살고 있는 귀신들에 대해 들려주곤 했다. 옆 건물 2층에는 야쿠르트 아줌마가 혼자 살았는데 말이야. 어느 날 교차로에서 사고가 났지 뭐냐. 그 길로 병원으로 실려 가서는 거기서 죽었지. 한 반년 비어 있었나. 새벽 5시마다 수도꼭지에서 물이 새. 아줌마가 배달 나가려고 그 시간에 일어나서 씻었거든. 그 집은 그래서 수도세가 많이 나와. 한낮에는 생전에서처럼 교차로에 서서 야쿠르트를 팔겠다고 우두커니 서 있을지도 모르지. 젊은 아가씨가 그 집을 얻겠다고 보러 왔는데 내가 그랬지. 죽은 아줌마 얘기는 안 하고 이 집은 수도세가 다른 집보다 많이 나옵니다. 놀이터 앞에 감나무 집 있지. 그 집은 라디오가 말썽이거든. 볼륨이 커졌다 작아졌다 한단 말이야. 그 집 살던 영감이 종일 라디오를 끼고 살았거든. 귀가 어두워서 잘 안 들리니까 노래가 나올 때마다 소리를 키웠다가 노래가 끝나면 사람들 떠드는 소리 듣기 싫어서 소리를 죽이곤 그랬거든. 그 집 팔 때 내가 그랬다고. 이 집은 라디오 주파수가 잘 안 잡힙니다. 그랬더니 상관없다대. 라디오 안 듣는다 하대. 내가 박수를 치며 그랬지. 이 집 주인으로 딱입니다, 딱.

정말로 그랬을까. 고모부도 귀신이 되어 집으로 돌아와 수시로 냉장고 문을 열면서 콧노래를 부르고 있을까. 한낮에는 어슬렁어슬렁 골목길을 빠져나와 빈 집을 보러 다닐까. 죽은 고모부를 더 상상하고 싶지 않아서 호재는 세차게 머리를 흔들었다. 그런다고 떨어져 나갈 망상이 아니라는 것도 알았지만 갑자기 고모부를 무서워하고 싶진 않았다.

호재는 느릿느릿 시장 쪽으로 걸었다. 텅 빈 금은방과 간판뿐인 의상실을 지나자 멀리 고모부의 사무실이 보였다. 호재가 고모 부부를 떠나기로 작정한 즈음에도 재개발 바람이 한창이었다. 재개발추진위원회 사무실이 곳곳에 들어서자 동네는 더욱 들썩였다. 다들 당장 필요한 현금과 나중에 벌어들일 이익을 궁금해하면서도 막상 공사 여부에 대해서는 미심쩍어했다. 이사를 가겠다는 사람보다 일단은 집을 지키고 있어 보겠다는 사람들이 대다수였다.

고모 부부는 후자였는데 그들의 집이 1구역에 포함되지 않은 탓이 컸다. 오히려 고모부는 재개발을 찬성하고 총 네 개로 나누어진 구역의 공사를 동시에 시작하자는 쪽이어서 툭하면 재개발추진위원회 사무실에 들러 으름장을 놓았다. 철도 조차장이 이 동네에 있는 한 대대적인 재개발 없이 팔자 펴기는 어려울 거라고, 보상금이나 집값은 거기서 거기일 거라고 주구장창 떠들고 다녔다. 고모는 동네 사정에 대해선 영

무심하면서도 잠자코 기다려 보자는 쪽이었다. 기다리다 보면 순서가 오겠지, 헌집을 일찍 허문들 새집에 먼저 들어가겠나. 고모가 그렇게 말하는 건 아마도 그즈음 아버지로부터 연락이 뚝 끊어졌기 때문이었을 거라고 호재는 추측했다. 고모부는 고모가 느긋하게 굴 때마다 답답한지 주먹을 흔들며 지청구를 퍼부었다.

이 사람아, 그러다 우린 늙어 죽네. 모래 먼지만 실컷 마시다가 죽고 없네.

나는 9층.

또 조연출의 메시지였다. 그가 왜 9층에 있는지 궁금했지만 물어보기가 뭣했다. 호재가 틈만 나면 9층의 빈방을 찾는다는 사실을 그가 알고 있을 리가 없었다. 여전히 입안에서는 술 냄새가, 감지 않은 머리칼에선 담배 냄새가 풍겼다. 고모부에게 닥친 불상사를 미처 몰라서 술에 취해 희희낙락했던 자신의 모습이 머릿속을 가득 채웠다. 잘못이 아닌 줄 알면서도 괴로웠다. 연거푸 울리는 조연출의 메시지를 보자 모욕당한 기분이었다. 도저히 이해할 수 없었다. 나를 만만하게 생각하는 건지, 불쌍하게 생각하는 건지, 어느 쪽도 불쾌하긴 마찬가지였다.

호재는 씩씩대며 내처 걸었다. 화가 났다. 정말로 제대로 살고 있다는 모습을 보이려고 아무리 피곤해도 9층 방에 숨어서 눈을 붙였다. 출근 시간에 늦지 않으려고 9층 방에서 밤을 지새운 일도 허다했다. 매회 비슷한 원고였지만 매번 오탈자가 없나 수시로 들여다보았다. 원고에 흠이라곤 없어서 누구에게 책잡힐 일 없는 작가이고 싶었다. 우는소리를 하면서까지 눈에 들고 싶지는 않았다. 싫은 소리를 참아 가며 견딘 적도 없었다. 쉬운 일은 아니었다.

PD를 붙잡고 하소연하는 조연출 옆에서 그보다 더한 불행을 고백하지 않았을 때, 조연출이 보는 앞에서 자격을 운운하는 PD에게 발전과 노력을 맹세하지 않았을 때, 호재는 느꼈다. 제대로 살고 있다고. 제대로 살고 있음, 그건 누군가의 평가로 얻어지는 만족이 아니었다. 제대로라고 말할 수 있는 정도는 본인만 느낄 수 있는 기분에 가까워서 남들의 품평과는 무관했다. 만사가 쉽지 않은 상태에서, 딱히 만사가 쉬워지기를 바라지 않는 마음으로만 가능한 기분이었다.

걷다 보니 뜨개방과 백반집을 지나 미용실 앞이었다. 고모부의 사무실 코앞이었다. 유리창의 절반을 노란색 시트지로 가린 바람에 발꿈치를 들어야만 간신히 안이 들여다보였다. 폴리스 라인이 입구를 막고 있어서 그마저도 무리였다. 멀찌 감치 물러서서 그저 닫힌 문을 바라보는 수밖에 없었다.

급매, 빌라 1층, 방 두 개, 베란다 있음.

유리창 안쪽에 붙여 놓은 매물들 중 하나가 호재의 눈에 띄었다. 붓펜으로 정성껏 써내려 간 글자는 분명 고모부의 필체였다.

주인 직접 거래. 복비 없음.

유난히 크게 쓴 걸 염두에 두지 않더라도 고모 부부가 사는 집을 내놓은 게 틀림없었다. 고모가 집을 내놓았다는 건 더 이상 아버지를 기다리지 않겠다는 뜻이나 매한가지였다. 아무리 생각해도 그럴 리가 없었다. 죽어서라도 동생이 돌아오기를 바랐던 고모였다. 불현듯 아버지가 돌아왔을지도 모른다는 생각이 퍼뜩 들었다. 소스라치며 주위를 두리번거렸다. 조금이라도 눈에 익은 사람은 전혀 보이지 않았다.

주머니에 넣어 둔 핸드폰이 진동했다. 호재는 화들짝 놀라며 핸드폰을 꺼내 보았다.

누나.

조연출의 메시지가 떴다.

누나?

연달아 같은 메시지가 울렸다.

호재는 고모의 집 쪽으로 걸음을 뗐다. 아버지가 돌아온 게 맞는지 아닌지, 집에 가 보면 알 수 있을 터였다. 멀리서 봐도 목욕탕의 높다란 굴뚝은 그대로였다. 그사이 상호가 바뀐 목욕탕 꼭대기에는 '24시 찜질방'이라고 적힌 간판이 번쩍였다. 굴뚝 뒤로 고층 아파트들이 우후죽순으로 솟아 있었다.

"늘그막에는 모르는 사람들 속에서 살고 싶다."

만날 술을 달고 살던 고모부가 입버릇처럼 하던 말은 호재가 하고 싶은 말이기도 했다. 한동네에서 지긋지긋하게 오래 살아서, 밥벌이를 하느라 남의 집 내력은 물론이거니와 수도와 배관 상태까지 속속들이 알아서, 남의 집 속사정을 아는 체하며 사는 데에는 진절머리가 나서, 이제 남의 집 좀 안 들여다보고 남들 사는 얘기 좀 안 듣고 살고 싶다. 술상을 치우면서 고모부가 읊조리듯 하는 말이었다. 어느 날에는 빈집의 옛 주인 안부를 궁금해하면서 늦게까지 술을 따랐다.

그 집에 반찬 가게 하던 아줌마가 살았는데 그 아줌마 쓰러지고 나서 시장에 국밥집이 망했지. 그 집 김치를 반찬 가게 아줌마가 해다 줬거든. 국밥집 부부가 살던 집도 그래서 비었지. 노상 좌판에서 배추 팔던 할머니도 결국 갔지. 국밥집이며 반찬 가게며 다 사라지니 배겨 낼 재간이 있나. 집 팔고 사는 나는 그렇게 살았지. 이 짓 때려치우고 떠나려면 내겐 로또밖에 없어.

종종 검은색 장부를 옆에 끼고 집을 보러 온 손님을 대동한 고모부가 바쁜 걸음으로 동네의 골목 어딘가로 걸어가는 모습을 보기도 했다. 고모부는 처음 보는 손님의 어깨를 툭툭 치면서 허물없이 굴었다. 내가 이 동네 토박이요, 토박이. 오죽하면 내가 이날까지 여기 살겠냐고 동네 자랑을 했다. 이참에 이웃사촌으로 돕고 살면 좀 좋겠소, 운을 뗐다. 기껏 그러고는 손님을 보내고 돌아와 보온병에 든 술을 홀짝거리면서 혼자 책상 앞을 지켰다. 라디오도 텔레비전도 없어서 사무실 안은 조용하기 그지없었다. 이렇게라도 하지 않으면 모르는 사람 붙들고 얘기할 재간이 없다, 변명인지 한탄인지 모를 말들을 했다.

집이 가까워질수록 호재의 걸음은 더욱 느려졌다. 아는 사람을 만날까 조마조마한 데다가 저만치 반백의 머리를 쓸어내리며 앞서가는 남자가 아버지는 아닐까, 신경이 곤두섰다.

길 안쪽에 사는 사람들은 모두 호재를 알았다. 아버지에 대해서도 모르지 않아서 길에서 마주치는 사람마다 호재에게 말을 걸곤 했다. 아버지는? 개중 어떤 사람은 호재가 있건 말건 스스럼없이 고모나 고모부를 불러 세워서는 대놓고 묻기도 했다. 그 집 애기 아버지 왔어? 아직도 제 자식을 안 데려갔어?

호재가 고모네와 사는 사정을 설명하려면 부모의 이혼을 밝히지 않을 수 없고, 이혼 사유에 대해 이야기할라치면 아버지의 행실을 두루뭉술하게나마 말할 수밖에 없었다. 순순히 저간의 사정을 털어놓으면 자기 일처럼 화를 냈다. 아버지라는 사람이 어린 자식을 늙은 누나한테 맡겨 놓고 1년에 두어 번 코빼기만 비칠 만큼 무정할 수 있느냐, 제 자식도 못 키울 만큼 무능한 주제에 마누라를 얼마나 푸대접했으면 이혼을 했느냐, 고마운 줄도 모르고 명절마다 빈손으로 들락거리면서 어린 딸애를 앞세워 술에 취해 비틀거리며 제사를 지내느냐, 그런 망나니를 동생으로 두고 살기가, 매제로 엮여 살기가, 아버지라 믿고 살기가 얼마나 고단하겠는가, 아이고 이 불쌍한 사람아, 등을 두드리며 탄식했다. 그때마다 고모는 그럴 만한 사정이 있다고만 대답했고, 고모부는 사람을 잘못 만나 그리되었다고 말했으며, 정작 아버지 본인은 의아하다는 듯 반문했다.

내가 뭐 어때서 이럽니까?

여전히 베란다 창문은 반쯤 열린 채였다. 베란다 천장에 달아 둔 빨래걸이에는 고모부의 옷가지들이 줄줄이 널려 있었다. 좀처럼 옷을 갈아입지 않는 고모인지라 고모의 것으로 보이는 빨래는 없었다. 눈에 익은 옷가지들이 더러 보였다. 고모부가 겨울마다 번갈아 입는 점퍼 중 하나가 옷걸이에 걸린 채 대롱거렸다. 작달막한 고모부의 체구가 설핏 떠올랐다. 아버지의 것으로 보이는 옷은 찾아볼 수 없었다. 발꿈치를 들고 안을 들여다보니 화장실 문이 활짝 열려 있었다. 전등이 켜져 있는지 환했다. 호재는 눈을 가느스름히 뜨고 잘 보이지 않는 안쪽을 들여다보았다. 집 안에는 아무도 없었다.

열린 창 안으로 한 손을 집어넣었다. 아무것도 손에 잡히지 않았지만 한결 따뜻했다. 맨발로 베란다에 서서 밖을 내다보던 고모의 모습이 잇따라 떠올랐다. 또 핸드폰이 울렸다. 조연출일 게 분명했지만 확인하지 않을 수도 없는 노릇이었다. 호재는 손에 핸드폰을 쥔 채 다시 집 안을 향해 고개를 돌렸다. 화장실의 불이 꺼져 있었다. 두 눈을 끔벅거리며 자세히 들여다봐도 화장실 안쪽은 어두컴컴했다. 호재는 뒷걸음질 치며 베란다에서 물러섰다. 부랴부랴 핸드폰을 꺼내 보니 아니나 다를까, 조연출의 메시지였다.

나는 네가 어디 있는지 알고 있다

ㅋㅋㅋㅋㅋㅋㅋㅋㅋㅋㅋㅋㅋㅋㅋ

4

두오는 1년에 단 두 번, 추석과 설날에만 두이의 집으로 와서 하룻밤을 자고 갔다. 추석과 설날 빼곤 당최 깜깜무소식이었다. 그마저도 얼굴만 슬쩍 비추고는 제 볼일을 보느라 바빴다. 언제나 오후 느지막이 들이닥쳐선 저녁이 되기도 전에 외출을 서둘렀다.

두오는 짧게 머물다 갔지만 호재에게 아버지가 머무는 1박 2일은 시끄럽고 조마조마한 순간들의 연속이라서 긴장과 압박이 컸다. 명절 전날만 되면 저절로 귀가 곤두서고 관자놀이가 지끈거릴 정도였다.

수능을 앞둔 추석이었다. 두오의 택시가 골목길에 진입하는 순간부터 바깥은 소란했다. 방지턱에서 속도를 줄이지 않아 차체가 크게 덜컹거리는 소리, 브레이크를 급작스럽게 밟는 탓에 바퀴가 찢어지는 듯한 소리, 차가 멈추기 직전까지 길게 울려 퍼지는 경적 소리, 문짝이 떨어지도록 세게 쾅 닫는 소리, 연달아 삐삐거리며 택시의 문을 잠그는 소리가 들리면 호재는 고모의 일손을 돕다 말고 벌떡 일어나 제 방으로 들어갔다.

두이도 안절부절못하긴 마찬가지였다. 두오가 현관문을 쾅쾅 두들기며 이웃의 주의를 살까 봐 헐레벌떡 거실을 가로질렀다. 두오가 집 앞에 당도하기 전에 다급하게 현관문을 열어 안으로 들였다.

"밥 먹자, 밥."

신발을 내던지듯 벗으며 두오는 제일 먼저 밥부터 찾았다.

두이가 가스레인지 앞에서 부침개와 나물 무침을 접시에 담는 동안 두오는 쩌렁쩌렁한 목소리로 호재를 불렀다.

"배호재. 아버지 오셨다."

호재는 들은 체도 않고 숨죽인 채 버티다가 거듭 아버지의 목소리가 들려오면 그제야 건성건성 인사를 했다.

"안녕하십니까."

두오라고 별반 다르지 않았다. 거실 한가운데 서서 문 틈새로 얼핏 보이는 호재에게 손을 흔들며 슥 훑어보고는 그만이었다. 호재가 방문을 걸어 잠근 채 아버지와의 대면을 노골적으로 피해도 그러려니 했다. 사근사근 말을 거는 일은 거의 없었다. 아버지가 관심을 기울이지 않으니 호재는 더했다. 극존칭을 써 가며 간신히 인사만 건넬 뿐 좀처럼 입을 열지 않았다. 두오는 식사를 마치자마자 후다닥 집을 나섰다. 신발장을 짚고 서서 입안에 남은 밥을 우물거리며 두이에게 확인하듯 물었다.

"오늘은 꼬리를 잡겠지?"

고모부는 두오의 등을 한 대 때리는 것으로 인사를 대신했고, 어깨를 툭툭 치는 것으로 식사를 권했으며, 고개를 우스꽝스럽게 갸웃거리는 것으로 성급한 외출을 만류했다. 제발 진득하게 집에 붙어 있으면 좋으련만, 속으로는 두오의 외출이 달갑지 않은 두이도 굳이 토를 달지 않았다. 호재는 아버지가 누군가를 필사적으로 쫓고 있다는 걸 대충 눈치챘지만 왜 그러는지는 잘 몰랐다. 바보도 두 번은 안 속는다는데. 고모가 혀를 끌끌 차며 혼잣말을 하면 속이는 놈이 있어야 속는 놈도 있지, 고모부가 싱글거리며 대꾸했다. 호재는 묵묵히 차례 상에 올릴 음식을 준비하는 고모를 거들었다.

두오는 자정쯤 씩씩거리며 돌아왔다. 이미 얼큰하게 취해 혀 꼬부라진 소리로 술을 찾았다. 차례 상에 올릴 법주를 찾아내 병째 들이키며 막 잠에서 깬 고모부를 떠보았다.

"형님은 뭐 들은 거 없수?"

고모부는 심드렁하게 대꾸했다.

"그 동네는 내 소관이 아니라네."

"나는 옛날부터 형님이 마음에 안 들었어."

"자네 마음도 내 소관은 아니라네."

대화는 두오가 법주 한 병을 다 비울 때까지 계속 이어졌다. 호재는 잠든 체하며 두 사람의 대화에 귀를 기울였다. 듣다 보니 아버지가 외출을 서둘렀던 이유를 대충이나마 짐작할 수 있었다.

지난해 두오는 고모부의 도움으로 박오식이 소유한 땅 주소를 알아냈다. 여러 차례 찾아갔지만 번번이 허탕이었다. 추석인 오늘은 다를 줄 알았는데 또 놓쳤다고 두오는 목소리를 높였다.

"이번에 가 봤더니 배추밭이더라, 저번에는 감자밭이었는데. 원래는 마늘밭이었다더라. 씨를 뿌리러 가든 물을 주러 가든 배추를 캐러 가든 여하튼 한 번은 올 텐데 매번 헛걸음이네."

한탄하면서 장광설을 늘어놓았다. 그가 주인인 상가를 찾아가면 험상궂게 생긴 젊은 놈들이 우르르 몰려나와 나를 사정없이 땅바닥에 메다꽂는다, 그러니 무서워서 근처에도 갈 수 없다고 호소했다. 그것들이 내가 무서워서 이러는 거지, 나를 업신여길 주제들은 못 된다, 어릴 때부터 그랬다, 나 없이는 잘될 수가 없는 인간들이라 결국엔 찾아오게 될 것이다, 핏대를 세웠다.

고모부는 덤덤하게 경청하면서 매우 아쉽다는 투로 훈계했다.

"거기까지 간 김에 배추를 가져오고 감자를 캐어 오고 마늘을 뽑아 오지 왜 빈손으로 왔나, 뭐라도 가져왔으면 뭐라도 해먹을 수나 있지. 담엔 삽자루라도, 호미라도 들고 가게."

발끈한 두오가 생트집을 잡았다.

"나는 누나가 형님이랑 사는 게 정말 마음에 안 들어."

"나도 자네가 처남이라 맘고생이 많네."

고모부는 금세 코를 골았다. 두오는 남은 술을 남김없이 비우고 나서야 입을 다물었다. 퍽이나 잘 주무시오, 우렁차게 외치곤 거실 바닥에 몸을 내던지듯 자리에 누웠다. 오식과 낙호, 그 두 이름을 성난 어조로 부르다가 으드득으드득 이를 갈았다.

이튿날 호재는 두이에게 박오식이라는 사람이 누구인지 물었다. 두이에 따르면 아버지는 오래전에 죽을 뻔한 박오식을 구해 준 바가 있다. 그런데도 오식은 어렵사리 얻어 낸 두 번째 삶을 스스로 괄시하며 산다고 했다. 네 아버지가 아니었다면 사람 구실도 못하고 살 팔자였는데 잘나가는 깡패 밑에서 양아치 짓을 일삼으며 남을 괴롭히면서 산다더라, 했다. 최근에는 깡패 소유의 5층짜리 건물 한 채를 위탁 운영하게 되었는데, 지하는 단란주점, 1층은 오락실, 2층은 당구장, 그 위층에는 모텔을 차려 놓고 돈을 빗자루로 쓸어 담을 만큼 많이 번다고도 했다.

"그래 봤자 저 역시 바지 사장인지라 버는 돈이란 게 그저 헛돈이라. 야무지게 벌어다 집에 가져다 쟁여 놓는 인간은 바지 사장의 바지 사장인 낙호라, 오식이 그거는 남 좋은 일 하는 줄 모르고 저 잘난 맛에 산다지."

그럼 조낙호라는 사람은 누구냐고 물어봐도 대답은 엇비슷했다. 네 아버지 친구, 이제는 아니고, 옛날에. 대답은 간단

했다. 왜 이제는 아니에요? 호재가 재차 묻자 두이는 더듬더듬 말을 이었다.

"예전에 네 아버지가 두 사람에게 큰 빚을 내어준 적 있는데, 여태 아무도 갚지 않아서."

뻔한 내용이라서 호재는 더 묻지 않고도 충분히 납득했다. 아버지에게 그만한 돈이 있었다는 사실은 놀라웠지만 아버지가 근근이 살 수밖에 없는 이유가 그 두 사람에게 있다고 생각하니 자신의 처지까지 쉽사리 이해되었다.

착하고 순진해서, 어리숙하고 누굴 의심할 만큼 약삭빠르지도 못해서 그토록 바보라서 감내해야 했던 불행이라면 차라리 자랑거리일 수도 있겠다, 생각했다. 돈이란 게 영구적인 불행을 초래할 만큼 큰 문제라는 걸 호재라고 모르지 않았고, 뿔뿔이 흩어져 살면서도 쪼들리는 삶의 원인이 오로지 돈 때문이라면 긴 시간을 들여서라도 이겨 낼 만한 불행이다, 생각했다.

고모부를 봐도 그랬다. 토요일마다 지갑에 꼬깃꼬깃 접어둔 로또를 펼쳐 긴가민가한 표정으로 낙첨 사실을 확인하고선 하루 종일 망연자실한 얼굴로 누워 지내는 고모부를 한심하게 쳐다본 적은 있어도 미워하고 혐오한 적은 없었다. 심지어 고모부가 토요일마다 반복하는 불운을 지켜볼 때면 유쾌하기까지 했다.

꽝, 다음 기회에.

두이는 박수를 치며 놀려 댔고, 호재는 일부러 두 번 세 번씩 당첨 번호를 확인하며 일확천금에 대한 고모부의 기대를 부채질했다. 내가 더 착하게 살아 볼게. 호재가 고모부를 위로하면 여태 꽝이면 앞으로도 꽝이야, 두이는 초를 쳤다.

일생에 한번은 될걸.

종잇조각이 된 로또를 두고 옥신각신할수록 고모부는 더욱 의기양양했다. 매주 빠짐없이 복권을 산 세월이 수십 년이라 이젠 될 만도 하다는 게 그의 지론이었다. 한 주도 빠짐없이 남의 손을 빌리지 않고 심지어 내가 번 돈으로 성실하게 로또를 사 왔다. 그 노력에 대한 보상으로 곧 당첨할 수밖에 없다. 고모부는 침을 튀겨 가며 일장연설을 이어 갔다. 이건 믿음에 대한 문제이지, 꿈의 문제가 아니란 말이다.

5

이듬해 설날이었다. 호재가 스무 살 되던 해이기도 했다. 점심을 먹은 직후였다. 베란다 밖에서 클랙슨 소리가 요란했다. 두이는 호재와 함께 콩나물을 다듬다 말고 베란다 밖을 살펴보러 일어섰다. 열린 창틈으로 두오의 목소리가 쩡쩡하게 들려왔다. 누나. 누나. 두오는 평소처럼 집 안으로 들어오지 않고 운전석에 앉은 채 두이를 불렀다. 두이가 흠칫 놀라 호재를 쳐다보았다. 호재는 어깨를 으쓱해 보이고는 쥐고 있던 콩나물의 꼬리를 한 움큼 떼어 냈다.

"호재, 호재 불러."

두오가 다급하게 외쳤다. 그제야 호재도 엉거주춤 일어서서 바깥을 내다보았다. 차창 밖으로 왼팔을 길게 늘어뜨린 아버지의 모습이 한눈에 들어왔다. 빨리, 빨리. 두오가 빠르게 손을 흔들었다.

"얼른 호재 나오라고 해."

두오가 클랙슨을 길게 눌렀다. 귀가 따가울 정도로 큰 소리였다. 두이가 얼른 나가보라고 두 팔을 휘이휘이 흔들었다. 호재는 선뜻 내키지 않았지만 패딩을 집어 들었다. 양손으로 귀를 막고 잽싸게 택시에 올라탔다.

"두오야, 두오야."

두이가 막 출발하려는 두오를 불렀다.

"어디 가게?"

"그것들 잡으러."

두이는 아연실색했고 호재는 흥분했다. 아버지의 돈을 떼어먹은 사람들을 만날 생각에 가슴이 두방망이질했다. 빌려 준 돈을 돌려달라는 것은 누가 봐도 정당하고 합당한 요구였다. 마땅하고 당연한 일에 번번이 실패하는 아버지를 대신해 보란 듯이 해결하고 싶었다. 그러면 아버지도 훨씬 나은 사람으로 변하리라는 기대도 한몫했다. 무엇보다 이번 참에 아버지보다 나은 사람이라는 걸 제대로 보여 주고 싶었다. 그런 식으로 아버지를 이기고 싶었다. 아버지처럼 노발대발하지 않고 정정당당하게 떼인 돈을 받아 낼 수 있을 거라 자신했다. 호락호락하게 보이지 않을 자신이 차고 넘쳤다. 게다가 이제 스무 살이었다. 호재는 군말 없이 안전벨트를 맸다.

두오가 근 10년째 몰고 있는 택시는 낡을 대로 낡아 보기에도 퍽 위험했다. 범퍼의 오른쪽은 우그러졌고 조수석 문은 가로로 깊게 파인지 오래여서 붉은 녹이 슬어 있었다. 수리할 생각은 전혀 없어 보였다. 대신 차 안을 장식하는 데 공을 기울인 티가 확연했다.

룸미러의 가장자리에 하트 모양 스티커를 촘촘히 붙이고 오락실에서 얻은 게 분명한 오리 인형을 주렁주렁 매달았다. 손때가 묻은 기어에는 붉은색 벨벳 커버를 씌웠으며, 해진 가죽 핸들에는 얼룩말 무늬의 커버를 덧씌웠다. 천장에는 각양각색의 부직포들을 오려 붙인 뒤, 그 위에 형광색별을 붙였다.

"자, 이제 돈 벌러 가 보자."

두오가 호기롭게 액셀을 밟았다.

"어디 가시는 겁니까?"

호재가 젖은 손을 바지자락에 비비며 물었다. 높낮이가 없는 조용한 목소리로 존대하는 말투는 평소와 다름없었다.

"빚 받아서 등록금 내야지."

"등록금으로 충분한 돈입니까?"

"받을 돈이 있는데 빚을 낼 순 없지 않냐."

따져 보면 당장 목돈이 필요한 쪽은 호재였지 두오는 아니었다.

"내가 받을 빚이라면 네 것이나 마찬가지지. 일종의 유산이라고 생각해라."

두오는 든든한 공모자를 얻은 듯 기세등등했다.

"얼마나 됩니까?"

"그건 우리 둘이 하기 나름이지."

그러지 않아도 대학교 입학 등록금을 마련하는 일을 근심하던 차였다. 여차하면 어머니에게 손을 벌리려던 참이어서 걱정이 이만저만이 아니었다. 마음과는 달리 차가 속력을 더할수록 호재의 심장은 두근거리고 꼿꼿하게 세운 등에선 식은땀이 흘렀다. 호재는 긴장한 티를 내지 않으려고 차 안을 두리번거리며 살펴보았다.

앞 좌석 목받침에 매달린 커다란 복주머니가 대롱대롱 흔

들렸다. 호재가 복주머니를 눈여겨보자 두오가 장난스레 열어 보라고 보챘다. 호재가 내켜하지 않자 두오가 그럴 줄 알았다는 듯 툴툴거렸다. 들어 보니 그 때문에 시비가 붙은 적도 여러 번이었던 듯했다. 여자 승객들에게 짓궂은 장난을 친답시고 복주머니에 좋은 게 들어 있으니 손 좀 집어넣어 보라고 조르는 일이 빈번했던 모양이었다. 겁에 질린 승객이 싫다고 마다할 때마다 고함을 지르며 언짢아했다. 거참, 좋은 거라니까, 사람 좀 믿고 삽시다. 그러다 도로 한가운데에서 경찰을 부르는 일도 잦았다. 그런데도 두오는 끝까지 복주머니를 치우지 않았다. 두오에게 복주머니에 든 사탕은 승객들에게 베푸는 선행의 일종이어서 요즘 사람들과 작금의 세상을 판가름하는 분명한 기준이었지, 자신의 옳고 그름을 숙고하는 데 전혀 기능하지 않았다.

"요즘 사람들은 자기만 믿는다니까. 다들 인정을 몰라. 운전대 잡은 나를 안 믿으면 누굴 믿어?"

호재가 영 대꾸하지 않자 두오는 복주머니를 낚아채듯 앞으로 돌려서는 호재의 어깨 앞으로 늘어뜨렸다. 그 안에 산삼 있다, 허풍을 치면서 싱글벙글했다. 호재가 마지못해 속을 뒤적이자 인삼 맛 사탕이 가득했다.

"누굴 만나러 갑니까?"

호재가 말머리를 돌릴 셈으로 모른 척 묻자 두오가 고자질

하듯 주저리주저리 떠들기 시작했다.

"원래부터 낙호는 붙임성 없기로 유명했지. 평생 오식이 옆에 찰싹 달라붙어 빌어먹는 재주밖에 없고 같잖게도 얼굴은 시커멓게 타들어 가는 데도 피둥피둥 살이 올라 어디 가면 넙죽 사장님 소리를 듣는 모양새지만, 그것은 어디까지나 보기 좋은 허울인 거고. 오식이 없으면 제 손으로 숟가락 들 재주도 없는 천치 중에 천치랄까. 어릴 적부터 내가 달고 다니던 놈인데 이것이 제 부모한테 너르고 너른 이층 양옥집 지어 줄 돈은 있고 나한테는 10원도 안 갚는 배은망덕한 말종이라서, 오래 못 갈 줄 알았지. 그사이 오락실도 망했고 당구장도 폐업했고 단란주점 주인도 바뀌었다는데, 오식이는 어디로 튀어 버려서 찾을 길 없고 낙호는 오식이의 것인 쪼그만 땅뙈기에 컨테이너를 갖다 놓고 산다더라. 바지 사장도 사장인데 무시할 순 없지. 하던 장사를 죄다 정리했으니 주머니에 현금이 두둑할걸. 평생 놀고먹을 돈은 진즉 챙기고도 남았을 거야."

호재는 복주머니에 들어 있는 사탕을 하나씩 빼내다가 허벅지 위에 모았다. 복주머니가 텅 비자 콘솔 박스를 열어 모아 둔 사탕을 그 안에 휙휙 던졌다. 복주머니에 들어 있던 사탕을 모조리 콘솔 박스에 던지고 나자, 얼추 목적지 근처였다.

외곽순환도로를 30여 분 달린 후 당도한 곳은 널따란 밭이었다. 온갖 작물들이 시든 채 밭에 한가득이었다. 말라비틀어진 넝쿨 사이 썩은 호박들이 나뒹굴었다. 납작하게 덮어씌운 비닐은 찢어진 채 펄럭거렸다. 비닐 위로 누렇게 마른 배추포기들이 흩어져 있었다. 한쪽에는 고구마와 감자가 한데 썩어 가는 중이었다. 두오는 택시를 갓길에 주차하고 황급히 내렸다. 호재가 굼뜨자 두오가 닫힌 조수석 문을 쿵쿵 세차게 두드렸다. 주위를 둘러보니 인적이라곤 찾아볼 수 없는 공터나 마찬가지였다.

두오는 작물들을 짓밟으며 밭 한가운데를 가로질렀다. 호재는 느직느직 아버지의 뒤를 따랐다. 공기가 제법 찼다. 땅은 얼어서 밟을 때마다 버적버적 소리를 냈다. 아무리 봐도 주머니가 넉넉한 사람이 머물 만한 곳은 아니었다. 밭 안쪽에 덩그러니 놓인 컨테이너 박스에 다다르자 두오가 허리를 숙이고 돌을 찾기 시작했다. 한 손에 들기 벅찬 커다란 돌을 주워들고 호재가 말릴 새도 없이 컨테이너 박스를 내리쳤다.

"안에 있지?"

바락바락 악을 쓰며 컨테이너 외벽을 후려쳤다.

"다 알고 왔다."

쾅음을 내며 컨테이너의 잿빛 벽이 우그러졌다. 그 주위로 얼고 녹기를 반복하다 딱딱하게 굳은 눈더미가 시커멓게 녹아내렸다. 두오는 컨테이너의 네 벽을 빙빙 돌면서 있는 힘껏 돌을 내다 찍었다. 헛걸음을 한 게 틀림없었다. 아버지가 성난 목소리로 을러대는 모습을 보고 있자니 화가 나다 못해 울적했다. 두오가 참지 못하고 냅다 윽박질을 했다. 남처럼 가만히 있지만 말고 돌을 던지던 배추를 던지든 뭐라도 던지라고 아우성이었다.

"조낙호."

두오가 목에 핏줄을 세우고 조낙호의 이름을 연거푸 불렀다. 굳게 잠긴 컨테이너 문의 손잡이에 매달려서 펄쩍펄쩍 뛰었다. 보다 못한 호재가 달래듯 말했다.

"여긴 아무도 없습니다."

두오는 아랑곳하지 않고 문짝을 부술 기세로 연거푸 돌을 내리쳤다.

"돌아가는 게 좋겠습니다."

"이 컨테이너는 돈이 아니냐?"

두오가 눈을 휘둥그레 뜨고 나무랐다.

"네 눈에는 이 밭이 돈으로 안 보여?"

호재는 기가 차서 뒤로 물러섰다.

"봐라, 결국 이게 다 내 것이고 네 것이다."

그러면서 컨테이너의 문을 쿵쿵 두드렸다.

"내가 인간적으로 노크하는 거 봐라."

안에선 여전히 아무런 기척이 없었다.

"이걸 내다 팔아도 돈이 100이다."

두오가 쥐고 있던 돌을 높이 치켜들었다.

"100으로는 어림도 없습니다."

호재는 자포자기했다. 조낙호를 대면하지 못한 실망이 컸다. 컨테이너 따위엔 관심 없었다. 돈을 대신할 무언가를 챙겨 갈 생각 따윈 추호도 하기 싫었다. 호재는 날뛰는 두오를 나 몰라라 하고 뒤돌아섰다.

"가지 마. 이대로 가면 내 인생만큼 너도 죽 쑤는 거야."

호재는 팔짱을 끼고 택시에 기대섰다. 아버지에게 빚을 졌다는 사람에게 본때를 보여 줄 상상만으로도 흡족했던 자신이 몹시 한심했다.

"네가 네 인생 책임질 수 있어?"

호재는 대답 대신 주먹 쥔 손에 들어 있던 사탕을 으드득 으드득 씹어 먹었다. 입안에 들척지근한 침이 감돌았다. 쭈그려 앉아 담배를 피우는 아버지의 정수리를 내려다보았다. 정수리는 휑하고 희끗했지만 매우 반질거리기도 했다. 호재는 입안 가득 차오른 침을 억지로 삼키며 고개를 돌렸다.

두오가 사정을 알 만한 사람이 있다며 운전대를 잡았다. 택시는 컨테이너 뒤쪽 숲 안쪽에 자리한 블루베리 농장으로 향했다. 두오는 농장의 주인과 이미 구면인지 넉살좋게 인사

말을 건넸다. 농장 주인은 두 팔을 허우적거리며 다가와 알은척했다. 호재는 끼고 싶지 않아서 뒤로 물러섰다. 주인은 두오의 용건을 다 아는 듯, 대뜸 일갈했다.

"조낙호는 벌써 갔어요."

무슨 일인지 조낙호의 부모가 한날한시에 죽고 일주일간 밤마다 밤길을 울면서 돌아다녀서 동네 사람들을 무섭게 만들더니 사십구재를 지내고 얼마 지나지 않아 삼년상을 치르러 내려간다는 말을 하고 떠났는데 그 후로 밭이 저렇게 놀고만 있다는 말을 빠르게 쏟아 냈다. 호재는 농장 주인의 말이 거짓말처럼 들렸다. 더 이상 조낙호의 행방을 물으려고 자신을 찾아오는 일이 없도록 얕은 수를 쓰는 듯했다. 호재는 두오도 같은 의심을 할 줄 알고 긴장했다. 아버지가 또 법석을 떨까 봐 슬금슬금 다가갔다.

두오는 울고 있었다. 두 눈을 크게 뜨고 이마를 찡그린 채 굵은 눈물을 뚝 뚝 흘렸다.

"저러다 땅도 죽고 말지요."

농장 주인은 안타까워하면서 비닐하우스 안쪽을 흘깃 바라봤다. 잎이 모조리 떨어져 앙상한 나무들이 줄지어 서 있었다.

"느낌상 그 사람, 이제 안 와요."

그는 할 말을 다 끝냈다는 듯 비닐하우스 안으로 걸어 들어갔다. 하우스의 부실한 문을 발로 세게 밀어 빈틈없이 닫고 나서야 그는 뒤돌아 안쪽으로 사라졌다. 곧이어 누구냐고 묻는 목소리가 들렸다.

"사람 하나 패 죽였다는 그 양반."

"아, 정말 무서워서 못 살겠어."

5부

울면

젊어집니다

1

곤 염습을 하겠다고 장례식장 직원이 알려 왔다. 금방 올 것처럼 굴던 호재는 오후 3시가 되도록 오지 않았다. 하는 수 없이 두이는 빈소를 비워 두고 직원의 뒤를 따라 안치실로 향했다. 얼굴의 절반을 마스크로 가린 염사가 허리를 숙여 두이를 맞았다. 희끗희끗한 머리카락과 목덜미를 가로 긋는 주름이 가장 먼저 눈에 띄었다. 얼굴의 절반을 가렸지만 그는 죽은 남편 못지않게 나이 든 사람이 분명했다. 남의 죽음을 돌보기엔 너무 많이 살지 않았어요? 그러니까 이 궂은일들을 아무렇지 않게 해내기엔 당신의 죽음이 지나치게 걱정될 때

아닌가요? 밤에 잠이 오겠어요? 묻고 싶었으나 차마 그러지
를 못했다.

미간의 성난 주름과 듬성듬성한 눈썹, 속눈썹이 한 올도
남지 않은 눈꺼풀과 핏발 선 흰자위를 봐선 최근 심한 병치레
를 앓은 기색이었다. 걱정과 배려를 질문의 형식을 빌려 내보
일 만큼 삶을 모르지 않았다. 삶의 내력을 근거 삼아 다가올
죽음을 추론할 만큼 인과를 믿지 않기로 했다. 인과가 관통
하지 않는 일에 질문은 무의미했다.

염사가 흰 장갑을 낀 손으로 냉동고의 문을 열었다. 마치
서랍을 열듯이 침대를 끄집어냈다.

여보.

염사가 시신을 덮고 있던 흰 이불을 어깨까지 걷어 냈다.
파리한 낯빛에 검붉은 입술의 얼굴이 먼저 드러났다. 왜소한
어깨 아래 툭 불거진 빗장뼈와 그 위로 항상 불그스레했던 기
다란 목이 눈에 밟혔다. 두이는 천천히 남편의 얼굴을 더듬었
다. 감긴 두 눈 아래를 쓸어내리고 입가의 주름을 매만졌다.
피부는 찼지만 여전히 부드러웠다. 헝클어진 머리카락이 삐죽
뻗쳐 있는 탓일까, 살아 있을 때보다 훨씬 젊어 보였다. 환갑
이 지나도록 덥수룩한 곱슬머리는 새치 하나 없이 무성했다.
물 묻은 손으로 손빗질만 해도 가르마 없이 뒤로 빗어지곤 하
던 머리는 남편의 크나큰 자랑거리였다.

"더 보시겠습니까?"

염사가 이불깃을 잡고 물었다. 두이는 고개를 저으며 침대에서 물러섰다. 염습에 참여하겠냐고 염사가 물었다. 상처가 많은 시신이라 되도록 참관만 하기를 권한다는 말을 덧붙였다. 하지만 유족이 원할 경우 시신을 닦고 수의를 입히는 일을 함께할 수도 있다고 알려 주었다. 두이는 좀체 입을 열지 않았다. 염사는 잠자코 기다리다 묵묵히 시신의 머리 쪽으로 자리를 옮겼다.

"부검을 하지 않아도 되어 천만다행입니다. 부검한 시체는 염하기가 보통 어려운 일이 아니거든요. 부검의가 아무리 잘 꿰맨다 한들 핏물이 줄줄 샙니다. 수의를 입혀도 금세 더러워지기 일쑤지요. 고인의 시신에도 상처가 많아서 그런 일이 없다고는 장담할 수 없습니다. 다행히 앞쪽 상처는 보기에 아주 나쁘진 않습니다. 하체는 아주 멀쩡하니 원하신다면 발과 다리만이라도 닦아 보시길 권합니다."

그는 말을 하다 말고 숨이 모자란지 턱을 만지는 척하면서 마스크를 들었다 놓았다. 마스크가 입안으로 쑥 빨려 들어갔다가 빠져나올 적마다 가쁜 숨소리가 새어 나왔다. 뿌연 입김이 아스라이 흩어졌다.

"외인사 시신은 아무래도 그렇습니다. 몸이 많이 놀랐을 테니까요. 달래 주는 마음으로 염을 하게 됩니다. 발인 전까지는 혼이 몸과 함께 있다고 하니까요. 혼에게 보여 주는 마음으로 염을 하게 됩니다. 다정하게요. 어루만지듯이 달래 주는 마음으로요."

"그런다고 떠날 사람이 아닙니다. 이 사람은 절대로 나를 안 떠날 겁니다."

다시 한번, 두이는 남편의 얼굴을 들여다보고 싶었다. 찬기가 새는 콧구멍에 귀를 대고, 냉기가 스민 입술에 손가락을 대고 정말로 숨을 안 쉬는지 확인해야만 했다. 그러지 않고선 이 순간이 마지막이라는 걸 영원토록 믿을 수 있을까. 그의 죽음을 재차 확인하지 않은 자신을 두고두고 의심하며 사나운 꿈을 꾸며 살지도 몰랐다.

두이는 한껏 허리를 수그려 남편의 차가운 얼굴에 자신의 얼굴을 갖다 댔다. 맞닿은 뺨이 서늘했다. 살짝 닿은 코끝이 얼음장처럼 차가웠다. 영락없이 죽은 이의 몸이었다. 명치 언저리가 울렁울렁하며 무지근하게 저려 왔다. 금세 뒷덜미가 뜨거워지고 턱밑이 아려 왔다. 두이는 어금니를 꽉 깨물고 더욱 가까이 얼굴을 붙였다. 아무 소리도 들리지 않았다. 조용했다. 이렇게 아무 소리를 내지 않을 수도 있는가.

두이가 한 손을 들어 남편의 어깨를 툭 쳤다. 잠든 사람을 깨우듯이, 툭. 남편은 꿈쩍하지 않았다. 손바닥을 펼쳐 빗장뼈 아래를 찰싹 때렸다. 지금 일어나지 않으면 크게 혼날 거라고 으름장을 놓듯이.

아무 소리도 나지 않았다. 비명을 바랐던 건 아니었는데, 아무리 때려도 미동 없이 침묵하는 남편을 확인하니, 죽음은 틀림없었다. 딱딱하고 찼다.

어두침침한 복도를 걸으면서 두이는 염사가 했던 말을 곱씹었다. 많이 아팠을까 봐 걱정했는데 그보다는 많이 놀랐을 거라니, 고작 하루가 지났을 뿐인데 이토록 다른 삶이라니. 갑자기 딸꾹질이 나기 시작했다. 끅. 끅. 어깨가 크게 들썩이며 헛구역질이 뒤따랐다. 신물이 넘어왔으나 되삼킬 새도 없이 다시 딸꾹질이 이어졌다. 입가로 묽은 침이 흘러내렸다. 얼굴에 잔뜩 힘을 주고 숨을 참아 보아도 별 소용이 없었다. 연거푸 가슴을 두드리고 우악스레 목덜미를 쓸어내렸다. 숨을 꾹꾹 내리누르며 침을 크게 삼켰다. 얼굴만 시뻘겋게 달아올랐다.

두이는 복도 벽을 짚고 서서 억지로 기침을 하고 희멀건 침을 뱉었다. 명치를 세게 누르며 들썩이는 가슴팍을 억지로 가라앉히려 애썼다. 좀 나아지는가 싶더니 다시 구역질이 치밀었다.

어릴 때도 딸꾹질을 하기 시작하면 쉬이 멈추질 않았다. 아버지는 뭘 훔쳐 먹었냐고 놀려 댔고, 어머니는 뭘 훔쳐 왔냐고 질책하듯 캐물었다. 두오는 뻔히 보이는 곳에 숨어 있다가 왁 하고 달려들거나 돌연 등을 세게 후려치고선 배를 잡고 웃어 댔다. 놀래키면 멈춘다던데, 그러면서 두이가 딸꾹질을 멈출 때까지 졸졸 따라다니며 어떻게든 한 대라도 더 때리려고 안달이었다.

두이는 입을 틀어막고 도망치듯 빈소로 바삐 걸었다. 때마침 한 건물에 사는 이웃이 조문을 하러 왔다가 두이를 보곤 헐레벌떡 뛰어왔다. 그는 두이를 끌어안고 엉엉 울기 시작했다. 아이고 불쌍해라, 곡소리를 내며 두이의 등을 때렸다. 함께 찾아온 옆집 사람이 뒤늦게 달려와 두이의 허리를 끌어안고 울었다.

"울지 마. 울면 못 가. 우는 소리에 발이 안 떨어져. 저세상을 못 가. 울지 마."

두 사람의 품에 파묻힌 두이는 무어라 말도 못하고 끅끅 딸꾹질만 잇따라 했다. 온순한 아이처럼 두 팔을 길게 늘어뜨린 채 그들의 품에 폭 안겨 간헐적으로 몸을 떨 뿐이었다.

"그만 울어. 이러다 죽어."

끅끅대는 두이를 안고 그들은 통곡했다.

빈소로 돌아오자마자 딸꾹질이 멈추었다. 세 사람은 빈소 옆 식당에 둥글게 모여 앉아 가빠진 숨을 골랐다. 두이는 그

들이 진정되기를 기다렸다가 밥 먹고 가, 권했다. 저녁을 먹기
에 이른 시간이긴 했다. 두 사람은 손사래를 치며 마다했다.

"하도 울어서 먹고 싶은 맘이 싹 사라졌어."

그러면서 윗집 사람은 테이블에 놓여 있던 물티슈로 마른
눈물을 닦아 냈다.

"울고 나면 얼굴이 젊어지는 것 같아."

정말로 윗집 사람의 젖었던 뺨이 발그레했다. 옆집 사람의
초췌했던 얼굴도 젖어 번들거렸다. 두이는 그들을 따라 제 얼
굴을 쓸어내렸다. 여느 때보다 까슬까슬하고 푸석푸석했다.
눈물이 말라 얼굴도 바스러질 듯 마르는가, 몸속 어디에 불이
붙어 바짝바짝 타들어 가는가. 두이는 테이블에 놓여 있던
물티슈로 달아오른 뺨을 식혔다.

"요즘은 잔칫집 밥을 먹어도 체해."

옆집 사람이 거뭇거뭇한 손등을 문지르며 말했다.

"난 잔칫집 가 본 지가 언제였나, 아주 까마득해."

두이가 아픈 다리를 주무르다 말고 끙 앓는 소리를 내며
몸을 일으켰다. 그래도 손님인데, 휘청거리며 냉장고로 향했
다. 갖은 음료수와 술병이 진열된 냉장고 유리문 앞에서 두이
는 잠시 주춤했다. 손잡이를 잡으려 뻗은 손을 화들짝 거두었
다. 손에 한기가 닿는 것이 못내 꺼려졌다. 음료수는 장례 후
에 박스 단위로 청구된다는 말이 귓전을 맴돌았지만 두이는

결국 쌓여 있는 박스들 중 하나를 뜯었다. 미지근한 생수병 두 개를 꺼내 하나씩 쥐여 주었다.

"이게 덜 차가울 거야."

열없게 웃으며 아픈 다리를 길게 펴고 다시 앉았다.

"밖은 많이 춥지?"

두 사람은 소중한 것을 받은 양 두 손으로 생수병을 감싸 쥐었다.

"여긴 참 따듯하네."

윗집 사람이 점퍼의 단추를 끄르며 배시시 웃었다.

2

두이의 어머니는 막바지 무더위에 죽었다. 이른 아침부터 푹푹 찌는 날씨였다. 때늦은 더위에 매미가 요란하게 울었다. 가만히 있어도 땀이 줄줄 쏟아졌다. 안방에 눕혀 둔 사체의 상태는 걷잡을 수 없는 속도로 나빠졌다. 시취가 집 안팎을 에워싸자 아버지는 혼백의 길을 터 준다고 열어 둔 문을 모조리 닫았다. 문턱을 넘어오는 냄새 때문에 조문객들이 입맛을 잃는다는 게 이유였다. 닫힌 문 앞으로 파리가 앵앵거리며 날아다녔다. 부엌에서 팔팔 끓고 있던 국에도 파리 몇 마리가 둥둥 떠다녔다.

이튿날 오후가 되자 핏물 섞인 체액이 방바닥까지 적셨다. 두이가 급하게 김장 비닐을 구해다가 어머니의 시신을 둘둘 감쌌다. 바람 한 점 불지 않아 밀봉하듯 사체를 꽁꽁 싸맸음에도 불구하고 방 안을 가득 메운 시취는 싹 가시질 않았다. 하는 수 없이 조문객들은 닫힌 안방 문에 대고 절을 했다. 그 사이 시신은 빠르게 물러졌다.

반쯤 썩다가 도로 얼겠네. 아버지는 어머니의 시신을 매장하는 내내 고개를 저었다. 폐부종으로 인한 다발성 장기 부전, 어머니의 사인이었다. 헝클어진 요 위에 반쯤 허리를 접은 채 죽어 있는 어머니를 보고 두이가 펄펄 뛰자 아버지는 태연하게 대꾸했다.

"그만 누워 있으라고 수십 번을 말했건만."

종일 멀쩡하다가 안방에 드러누워 끙끙 앓기 시작하더니 반나절 만에 숨이 끊어졌다면서 아버지는 가슴을 움켜쥐고 모로 누운 어머니의 모습을 따라 했다.

"이러고 누워 있으니 기침이 터질 수밖에. 안 그러냐?"

하루만 일찍 연락을 했더라면 어머니를 살릴 수 있었을 거라고 아버지의 늑장을 비난하며 두이는 가슴을 쳤다.

"기침을 달고 살았으니 아픈지 안 아픈지 알 수가 있나."

아버지는 슬프다기보다는 당황한 듯했다.

"어제만 해도 그저 자고 있었단다, 애야."

마치 어린애를 대하듯 조곤조곤 일렀다.

어머니의 장례를 치르는 동안 두이는 몸단장에 각별히 신경을 썼다. 깔끔하게 빗은 머리칼을 검은 리본으로 느슨히 묶고 하룻밤 새 수척해진 얼굴에 옅은 화장을 했다. 빳빳하게 풀 먹인 저고리의 고름을 옷핀으로 단단하게 고정해 흐트러지지 않도록 주의했다. 치마가 구겨질까 종일 서서 조문객을 맞았다. 검은 옷차림과 상반된 뽀얀 낯빛과 분홍빛이 도는 입술이 어우러져 두이는 여름 볕 아래 해사하게 빛났다.

사흘째 되는 날, 죽은 만호의 가족과 오식의 부모가 찾아왔다. 두이는 화색이 감도는 얼굴로 그들을 맞았다. 마당에 마련해 둔 상에 둘러앉아 머리 고기와 막걸리를 주거니 받거니 하는 그들 사이에 거리낌 없이 끼어들었다.

"오식이는 건강한가요?"

두이가 아는 체를 하며 안부를 물었다. 지난 일은 깡그리 잊은 듯이, 누구의 잘못이 더 큰지 더는 따지지 않겠다는 듯이, 오식의 건강을 제일 먼저 염려했다. 오식의 어머니가 땅콩 껍질을 까던 손을 멈추고 두이를 쳐다봤다. 그놈은 아직 젊기만 한데 웬 건강 걱정이냐고 오식의 아버지가 농반진반으로 대꾸했다. 두이는 멋쩍게 웃으며 떡 접시를 상 한가운데로 밀었다. 아직 따뜻하다고 식기 전에 드셔 보라고 다정히 권했다. 만호 어머니가 떡을 집었다. 우물우물 떡을 씹는 만호 어머니에게 두이가 물었다.

"집에는 자주 오고요?"

만호 어머니가 밥에 국을 끼얹으며 되물었다.

"누구?"

"오식이 말예요."

"오식이 엄마한테 물어야지, 왜 나한테 물어?"

다시 오식이 아버지가 나섰다.

"낙호는 종종 오는데 오식이는 깜깜무소식이야."

"만호요? 만호는 죽었잖아요."

두이가 놀란 투로 되물었다. 만호 어머니가 막걸리 잔을 들었다가 다시 내려놓았다.

"우리 만호 죽은 지는 옛날이지."

상에 둘러앉은 모두가 그때를 떠올리는 듯 침묵했다. 분위기가 울적해진 것을 눈치챈 만호 어머니가 짐짓 활기찬 목소리로 덧붙였다.

"요즘 같은 세상에서 아팠으면 용케 살았으려나."

오식의 어머니가 재빨리 만호 어머니의 말을 받았다.

"요즘은 그런 병이 있기나 한가 싶어."

"나는 두이 엄마처럼 자다 죽었으면 좋겠어."

"두이 엄마도 이만하면 오래 견딘 셈이지. 죽을 때까지 여기 살 줄은 몰랐어. 진즉 도망갈 줄 알았는데……."

만호 아버지가 헛기침을 하며 두이를 불렀다.

"두오는 언제 오냐?"

"두오는 잘 살고 있어요."

"너는 자식 안 낳냐?"

"나는 아들 죽은 지가 옛날인데도 아직까지 밥 푸다 말고 만호야, 하고 불러."

만호 어머니가 빈 잔에 술을 따르며 나지막이 읊조렸다.

"그런 날에는 꿈자리도 뒤숭숭해."

"낙호가 죽었어요?"

두이가 어리둥절한 얼굴로 또 묻자 만호 어머니가 두이 곁으로 다가와 앉았다.

"얘가 놀랐는가 봐."

묵묵히 국을 떠먹던 오식의 어머니가 그제야 입을 열었다.

"제정신이면 그게 더 이상하지."

그제야 두이는 오식의 어머니 곁에 앉아 있는 사람을 알아보았다. 낙호가 아니라 만호의 어머니였다. 오랜만에 보는 얼굴이긴 했지만 절대로 헷갈리지 않을 생김새였다. 한때 콜드 크림을 두껍게 발라 엇비슷해진 얼굴을 나란히 눕혀 놓고도, 눈을 감고 어루만지기만 해도, 손끝에 닿는 콧날만으로도 단

박에 누가 누구인지 가려냈다. 따지자면 만호 어머니는 오식의 어머니와 닮았으면 닮았지, 낙호 어머니와는 영 딴판이었다. 순식간에 두이의 일굴이 순식간에 울그락불그락했다. 무례한 짓을 했다는 자책보다, 실수를 저질렀다는 수치보다 돌연 화가 먼저 앞섰다.

"낙호네는 안 왔어요? 왜 안 왔어요?"

핏대를 세우며 두이가 따졌다. 아닌 척했지만 실은 옛일을 들추어 잘잘못을 따지고 싶었던 걸까. 아니면 여전히 골칫거리로 입방아에 오르는 오식과 낙호의 편에 서고 싶었던 걸까. 이제라도 오식과 낙호의 잘못을 그들의 부모에게 고해바치고 싶었던 걸까. 도대체 그들의 부모에게 무엇을 보여 주고 싶었던 걸까. 두이는 왜 이렇게 화가 나는지 스스로도 오리무중이었다. 심지어 자신이 온종일 오식과 낙호의 부모를 기다리고 있었다는 것도 몰랐다. 당장은 그저 이 분노가 매우 온당하다는 사실만은 모두가 알아주고 이해해 주기만을 바랄 따름이었다.

긴 침묵이 이어졌다. 오식의 어머니가 훌쩍거리며 눈물을 훔쳤다. 두 아버지들은 긴 한숨을 내쉬며 먼 산으로 고개를 돌렸다. 만호 어머니는 콧물을 삼키며 두이의 아버지를 애처롭게 올려다봤다.

때마침 교복 차림을 한 호재가 고모부와 함께 마당 안으로 들어섰다. 마루 한가운데 서 있던 두이의 아버지가 멀찌감치 떨어져 있는 두이를 향해 큰 소리로 물었다.

"쟤 이름이 뭐였더라."

겨우내 얼었던 수도에서 물방울이 뚝뚝 떨어지기 시작하면 아버지는 마루에 걸터앉아 한가로이 말하곤 했다. 죽으려면 봄에 죽어야 한다고. 이즈음에는 얼었던 땅이 녹기 시작해 흙을 파기 쉽고, 이어지는 여름의 열기 덕분에 무른 몸뚱이가 순식간에 썩을 것이라서, 세상에서 사라지려면 봄이 알맞다는 게 그가 자식들에게 종종 하던 말이었다.

"아버지는 사는 것보다 죽는 데 더 큰 노력을 기울이는 사람이십니다."

"거기까지 생각해 주어야 완성된다, 삶이란 게."

아버지는 가르치듯 받아쳤다. 죽을 날 골라서 죽는 사람이 어디 있어요? 두이가 비아냥대는 투로 물으면 아버지는 모르는 소리 마라고 핀잔을 주었다.

"안 죽겠다고 버티면 한 계절은 산다. 이대로 죽겠다 맘먹으면 하룻밤도 안 살고 간다. 짐승은 시간을 끄는 법이 없지. 인간만 죽음을 몰라."

아버지만 삶을 몰라, 정성껏 살아 본 적 없이 당당하게 죽고 말 참이지. 두이는 한 번 더 쏘아붙이려다 말았다. 아버지의 선문답 같은 소리를 더 듣고 싶진 않았다.

3년 후 아버지도 죽었다. 남은 가산을 두오의 택시와 맞바꾼 후 스스로 들어간 요양 병원의 휴게실에서 텔레비전 앞 소파에 앉은 자세였다. 주말이라 허겁지겁 호재를 데리고 요양 병원에 당도한 두이에게 직원은 말했다. 한 손에는 탁구공을 쥐고 다른 한 손에는 리모컨을 쥔 채로 가셨어요.

봄이었다. 벚꽃이 흐드러지게 피던 때였다. 그가 항상 바라던 계절이었다. 이대로 죽겠다 결심한 사람처럼 어떤 전조도 없었다. 두이가 직원의 말을 그대로 전하며 아버지의 비보를 알리자 두오는 징징거리며 엄살을 떨었다. 죽은 아버지는 보고 싶지 않아. 얼토당토않은 이유를 대며 상주 노릇을 마다했다. 나는 못 가. 안 가. 고집을 부렸다. 기가 찬 두이가 야단을 치자 두오가 풀 죽은 소리로 물었다. 얼마나 슬프겠어? 너무 슬프면 못 산대. 그러곤 자동차의 경적을 연달아 울렸다. 길게 한 번, 짧게 세 번, 다시 길게 한 번.

수화기 너머로 들려오는 경적 소리에 두이는 질색하며 전화를 끊었다. 때마침 호재가 고모를 찾으러 밖으로 나왔다가 장례식장 전광판을 올려다보며 물었다.

"저게 할아버지 이름이었어?"

3

곧 입관일 텐데 호재는 어디서 무얼 하느라 깜깜무소식일
까. 두이는 조바심을 내며 벽시계를 쳐다보았다. 오겠다고 했
으니 오늘 중으로는 반드시 올 터였다. 어릴 때부터 제 앞가
림은 충분히 해내던 아이였다. 당최 허튼소리를 하는 법도 없
어서 어리다고 실없이 대한 적도 없이 키웠다. 호재가 죄 지은
사람처럼 무릎을 꿇고 앉아 아무와도 함께 살고 싶지 않다고
말할 때에도 두이는 호재가 당장이라도 가차 없이 떠날 것을
알았다. 이미 다 큰 애를 무슨 수로 말리나, 두이는 지레 낙담
했다. 바깥에선 두오가 신경질적으로 클랙슨을 누르며 자신
이 얼마나 화가 났는지를 들려주고 있었다.

"고모는 어쩌자고 나를 아버지와 함께 가도록 내버려 두었
습니까?"

그런 게 아니라고, 내버려 둔 게 아니라 어찌 생각해 볼 틈
조차 없었다고 두이는 변명하고 싶었지만 꾹 참았다. 그런다
고 호재의 마음이 바뀔 리가 만무했다. 제 아버지에게 하듯
이 호감이라곤 전혀 느껴지지 않는 극존칭을 담담하게 써 가
며 호재는 물었다.

"왜 나를 말리지 않았습니까?"

두이는 이런 날이 올 줄 알고 자주 상상했다. 아버지가 한

짓을 꼬치꼬치 물어 오면 그에 걸맞은 대답을 시종일관 궁리했다. 예상과 달리 호재는 아버지의 과오에 대해선 무관심했다. 도리어 두이의 행동을 문제 삼고 따졌다. 아버지가 아니라 고모에게 실망해서 함께 살기 싫다고 선포했다.

"호재야, 네 아버지는 어릴 때부터 겁이 많았어."

두이는 어떻게든 호재가 두오를 이해하게끔 돕고 싶었다. 혼자 있는 걸 무서워해서 남들과 어울리기를 좋아했고, 마음이 여려서 곧잘 상처를 받곤 했는데 우는 모습을 보이는 게 싫어서 도리어 화를 내는 어리숙한 아이였다고, 그 아이가 자라 외톨이가 되었다고, 불우하고 불행한 어른으로 자라서 여태 화를 내고 있다고, 두오의 미숙함을 대신 사과하고 용서받기를 원했다. 두오를 위해서가 아니라 호재를 위해서, 두이는 언제라도 대신 빌고 간청할 준비가 되어 있었다.

"그게 평생 알리바이가 될 순 없습니다."

그때까지만 해도 아버지의 삶을 자신의 삶에 견주어 볼 만큼 호재가 다 자랐다는 걸 두이는 전혀 가늠하지 못했다. 어쨌거나 두오는 호재의 아버지였고, 누나가 대신 나서서 싸워 줄 만큼 더 이상 어리지 않았다. 두오와 호재를 마냥 어린애로 여겼던 자신이야말로 미숙하기 그지없는 바보였다. 갑자기 요란하게 울리던 경적이 뚝 멈추었다. 차창 밖으로 몸을 반쯤 내민 두오가 고래고래 고함을 질렀다.

"믿어. 믿으라고."

호재는 끝끝내 아버지가 정말로 사람을 죽였냐고 묻지 않았다.

두런두런 이야기를 나누다 보니 어느새 입관 시간이 다가왔다. 윗집 사람과 옆집 사람이 허둥지둥 갈 채비를 서둘렀다. 빈 생수병을 납작하게 우그러뜨리며 윗집 사람이 너무 오래 붙들었다고 미안해했다. 얼결에 옆집 사람도 일어서서 깜빡 잊었다며 말문을 열었다.

"오는 길에 보니 그 집 베란다 문이 활짝 열려 있더라고. 대신 닫아 주려다 말았어. 관에 눕기 전에 집에 들르고 싶었던 게지 싶어서 아예 건드리지도 않았어. 우리 집이나 자기 집이나 훔쳐 갈 게 뭐 있으려고."

옆집 사람이 말을 하다 말고 입을 꾹 다물었다.

"그놈도 미친놈이지, 훔칠 데가 없어서 우리 동네를 돌아다녀."

윗집 사람이 맞받아쳤다.

"범인은 잡았대?"

옆집 사람이 주먹을 불끈 쥐며 물었다.

"그런 놈들은 잡아다 죽여야 돼, 애먼 사람 더 죽기 전에 그런 놈부터."

윗집 사람이 멱살 잡는 시늉을 하며 핏대를 세웠다.

"도둑놈은 태반이 아는 놈이래."

새삼 형사가 보여 주었던 CCTV 영상 속 사람이 두이의 머리를 스쳤다. 낯익은 모습이었지만 곰곰 생각해 봐도 알고 지내던 사람은 아니었다. 박오식과 조낙호, 그 이름들이 퍼뜩 떠올랐다. 생을 통틀어 두이가 아는 바로는 제 손으로 사람을 죽일 수 있는 사람은 그 둘뿐이었다. 두오는 살인과는 무관했다. 그런데도 살인자라는 오명을 선뜻 받아들일 만큼 어리숙하고 순진한 동생이었다.

"아는 사람이 제일 무섭지."

옆집 사람이 쓸쓸하게 덧붙였다. 두이는 새삼 낙호와 오식이 죽였다는 남자를 떠올렸다. 죽은 남자를 때렸을 뿐이라는 두오의 말이 귓가에 맴돌았다. 내 동생은 다른 사람의 삶도 궁금해하지 않지만 다른 사람의 죽음에도 무관심한 사람이라는 생각이 연이어 떠올랐다. 스스로 사람을 죽였다고 인정하기를 두려워하지 않았던 두오, 그 겁 없음이 무지해서가 아니라 무심해서라고 생각하니 두이는 처음으로 두오가 의심스러워졌다. 살인자로 사는 게 무섭지 않다면, 사람을 죽이는 일도 무섭지 않을 거라는 의심. 그렇다면 같은 죄를 또다시 저지를 사람도 박오식과 조낙호가 아니었다. 두오였다. 오식과 낙호는 자기들의 죄를 떠넘길 만한 마땅한 누군가가 없다면 절대로 같은 짓을 저지르지 않을 터였다. 그들이야말로 겁이 많았다.

순순히 살인자이기를 자처하는 사람에게 살인은 얼마나 쉬울 것인가. 다시 형사가 찾아와 알고 지내던 사람들 중에 굳이 용의자를 가려내라면 이젠 두오가 단연코 1순위였다. 거기까지 생각하자 두이는 비로소 그동안 자신이 어떤 사람이었는지 감이 왔다. 두오가 저지른 악행을 두오가 처한 불행으로 오인하고, 잘못을 만회하기를 바라는 대신 두오가 겪은 일련의 불운한 사건들만 기억하고, 그 기억을 근거 삼아 두오의 무고를 쉽사리 이해하고 확신했던 자신이야말로 무지하고 무심한 사람들 중 하나였다. 못 울고 못 웃으며 살아 왔다고 생각했는데 틀렸다.

안 울었고, 안 웃었다.

옆집 사람과 윗집 사람의 가운데 서서 두이는 양쪽 팔을 끼운 채 장례식장 밖으로 나섰다. 그러지 않으면 금방이라도 넘어질 것만 같았다. 입구에서 비틀거리며 두 사람을 배웅하고 돌아서는데 호재의 목소리가 들렸다.

"고모."

고인과 상주의 이름, 발인 날짜를 알리는 전광판 아래 호재가 서 있었다. 호재는 밝게 빛났다가 사라지는 이름들을 쳐다보던 중이었다. 죽은 사람의 이름에 산 사람들의 이름이 뒤따르는 모습을, 배호재 그 이름이 배두이와 나란히 나타났다가 사라지는 광경을 올려다보던 중이었다. 두이가 호재의 곁으로 다가와 깡마른 어깨를 끌어안았다.

"빨리 왔네, 호재."

4

장례를 마치고 두이는 호재와 함께 집으로 돌아왔다. 두이가 나서서 저녁 식사를 차렸다. 주로 장례식장에서 남은 음식들을 데워 접시에 담아내었다. 온종일 장의차에 실려 있던 음식에선 쉰내가 났다. 동태전은 미끈거렸고 돼지고기는 진득진득했다. 육개장은 먹을 만했지만 건더기를 오래 씹으면 누린내가 났다.

"겨울이라 괜찮을 줄 알았는데."

두이가 먼저 숟가락을 놓았다. 호재는 김치와 국물만으로 겨우 밥그릇을 비웠다. 두이를 거실에서 쉬게 하고 호재는 설거지를 하러 싱크대로 갔다. 접시마다 남은 음식이 수북한데 개수대에는 이미 버린 음식들이 한 가득이었다. 수챗구멍을 가득 메운 음식물들은 군데군데 곰팡이가 피어 있었다. 호재는 고무장갑을 낀 손으로 음식물을 주워 봉지에 담았다. 형체를 알아볼 수 없을 만큼 물러져서 손가락 사이로 썩은 음식물이 쑥쑥 빠져나갔다. 아직 식지 않은 국 때문인지 봉지가 미지근했다. 수챗구멍의 망을 긁어내고 뒤집어 탈탈 턴 다음에야 물을 틀었다. 물이 왈칵 쏟아지며 사방으로 튀었다. 앞섶이 흠뻑 젖어 축축했다.

"빈집이 많아져서 그런가, 물살이 너무 세졌어."

거실에서 걸레질을 하던 두이가 말했다.

"어떨 땐 몽둥이처럼 아파."

두이는 더러워진 걸레를 구석에 밀어 놓고 텔레비전이 보이게끔 앉았다. 호재의 말마따나 유골 함이 너무 눈에 잘 띄었다. 거실 장식장 위에, 텔레비전 옆에. 여기 두자. 호재는 두이가 고른 자리를 탐탁지 않아 했다. 하루 종일 바라보고 있을 순 없습니다. 차라리 여기 액자를 두세요. 호재의 태도는 강경했다. 걱정하는 마음으로 권하는 말인데도 섭섭하게 들렸다. 되도록 쳐다보지 마라고. 불상사에 가까운 죽음은 빨리 잊어버리라고.

오랜만에 집으로 돌아온 호재의 조언을 거절하기는 쉽지 않았다. 서운해할까 봐 마음을 졸이면서도 두이는 충동으로 내린 결정을 바꾸지 않았다. 예를 갖추자면 좀 더 근사한 장식장이 필요하겠지. 에둘러 그 자리를 고수했다. 아직은 그의 죽음을 하루 종일 들여다보아야 할 때였다. 두이에게 남편의 장례식은 오늘부터 첫날이나 마찬가지였다.

설거지를 마친 호재가 텔레비전 앞을 가로질러 곧장 유골 함으로 향했다. 목욕탕 굴뚝의 기다란 그림자가 일몰 즈음에 닿는 자리, 베란다의 열린 창문으로 새어 들어오는 바람이 가장 먼저 부딪히는 자리. 호재는 유골 함을 두 손으로 감싸 쥐고 잠시 그대로 있었다.

"다 식었어요."

화장장에서 집까지, 유골 함을 가슴에 끌어안고 있던 호재는 택시에서 속삭이듯 말했다. 고모, 아직 따뜻해요. 그러곤 만져 보라는 듯 유골이 담긴 단지를 살짝 내밀었다. 호재의 체온인지 화장의 열기 때문인지 보자기로 싼 단지에서 온기가 전해졌다.

그 온기가 이제 다 식었다. 밤이었다. 밖은 어두컴컴했다. 간간이 골목길을 지나는 발소리가 들렸다. 퇴근하고 집으로 돌아가는 사람들의 발길이 이어질 시간이었다. 두이의 집 베란다 앞에서 걸음을 늦추거나 아예 멈춰 서서 안쪽을 흘깃대는 사람들의 시선이 고스란히 느껴졌다. 창문 아래 서서 위로와 격려를 건네는 사람도 더러 있었다.

호재는 물기 묻은 손으로 베란다 창문을 단단히 닫고 잠갔다. 빨래걸이에 걸려 있던 옷가지를 걷어 와 두이와 함께 갰다. 두이는 반듯하게 갠 남편의 옷을 옆에 쌓아 두고 호재에게 드문드문 말을 걸었다.

방송국에서 일한 지는 꽤 되었는데 출퇴근 시간이 들쭉날쭉하고 휴일이 불규칙적이라 도리어 편해요. 그러면서 호재는 방송국이 상암동에 있다는 말은 부러 안 했다. 그 말은 어쩌면 우리는 그동안 내내 마주 보며 서 있었을지도 모른다는 뜻이나 마찬가지였으니까. 백주대낮에 마주쳐도 그저 닮은 사람이려니, 스쳐 지나갔을 사이였다는 걸 굳이 확인하고 싶진 않았다. 방송국에서 무슨 일을 하냐고 두이가 묻자 호재는 스스럼없이 작가가 되었다고 터놓았다. 두이가 반색하며 어떤 드라마를 썼냐고 물었다.

"고모, 이제부턴 창문을 꼭 닫고 살아야 합니다."

호재가 말머리를 돌렸다. 고모의 오해를 바로잡아 줄 수도 있었지만 그러려면 설명할 내용들이 지나치게 많았다. 오늘만큼은 길게 말하고 싶지 않았다. 고모가 억지로 바둑 채널에 관심을 가지는 일도 없었으면 했다. 호재의 삶을 궁금해하는 마음으로 채널을 트는 순간, 매번 승패를 따져 물어야 하는 긴 싸움을 지켜봐야 할 것이었다. 두이의 기질과는 상반되는 드라마였다. 경기가 끝나면 어떤 순간에 승패가 갈렸는지를 반드시 복기해야만 했다. 복기는 지난 싸움의 전략을 읽어 내고 다음에 벌어질 싸움의 전략을 보강한다는 점에서 일종의 전초전이라 해도 무방했다. 일인자의 자리를 쟁탈하려는 고수들의 경기에 고모가 재미를 붙일 리도 없었다. 어차피 호재가 주인공인 드라마도, 호재가 쓰는 드라마도 아니었다.

두이는 호재가 자꾸만 말을 얼버무리고 도중에 입을 다물고 멍한 표정으로 거실 유리창에 비친 제 얼굴을 쳐다보는 것을 눈치챘다. 어떤 사실을 말하면서 그와 연루된 다른 사실을 숨기고픈 마음을 두이가 모를 리 없었다. 두이라고 크게 다르지 않았다. 아까부터 두이는 아픈 다리에 자꾸 손이 갔다. 시큰거리는 무릎을 주무르다가 흠칫 손을 뗐다. 몸에 아픈 데가 있다는 사실을 호재에게 들키고 싶지 않았다. 굽은 허리가 욱신거렸지만 반듯하게 앉아 있으려고 애썼다. 꼬치꼬치 물으면 아픈 무릎처럼 욱신거리는 이야기를 들려주겠거니, 미루어 짐작했다. 최대한 질문을 아꼈다. 이야기를 남겨 두는 건 좋은 징조였다. 은연중에 다음을 기약하는 제스처일 거라고 두이는 기대했다.

찰나였지만 예전으로 돌아간 듯했다. 저녁 늦게 찾아온 손님을 응대하느라 퇴근을 늦춘 남편을 기다리던 어느 저녁 같았다. 모두가 여기를 집이라고 여기며 때맞춰 돌아오던 때, 눈물이 흐르지 않는 슬픔을 괴이쩍게 여길 필요는 없던 시절.

"성공했구나."

두이는 감격했다. 호재가 전하는 근황이 워낙 두루뭉술해서 잘은 모르겠지만 그만한 삶을 이룬 것만으로도 기특하고 대견했다. 때가 되면 호재를 이 집에서 온전히 떼어 내려 했던 자신의 계획이 실패한 줄 알았는데 어느새 성공한 거나 진배없었다. 이 호사만큼은 오래 기뻐하고 축하할 일이었다. 그래야 호재도 믿을 테니까, 자신의 성공을.

6부

당연히

행복하겠습니까

1

출근을 하려고 집을 나서자 눈이 내리는 중이었다. 옅은
회색 구름이 하늘의 이쪽에서 저쪽 끝까지 드리워져 평소보
다 어둑한 아침이었다. 하루 종일 펑펑 쏟아질 기세였다. 긴
장감이 감도는 눈발과 달리 주위는 온통 눈으로 뒤덮여 희고
고즈넉했다. 주말 동안 무더기로 쌓인 쓰레기봉투 위로, 한참
전부터 서 있던 세발자전거의 바구니 안으로, 앞 건물의 외
벽을 휘감고 있는 가스 배관 위로, 누렇게 말라죽은 작은 화
분들을 내놓은 창틀에도 눈이 수북했다. 어제의 형체를 겨우
알아볼 수 있을 정도로 쌓인 눈은 깊었다. 호재는 건물 입구

에 서서 손바닥을 펼쳐 떨어지는 눈송이를 받았다. 눈은 호재의 손바닥에서 수려한 결정을 환히 빛내다가 순식간에 사라졌다.

올겨울 들어 처음 내리는 눈이었다. 날이 궂고 꾸물꾸물하다 싶으면 으레 비가 쏟아졌다. 기온이 영하로 떨어지는 날에는 간만에 쾌청하고 푸른 하늘이어서 회사 사람들은 마스크를 주머니에 쑤셔 넣고 기지개를 펴며 찬 공기를 즐겼다. 오직 PD만이 종종 왜 안 춥지, 벌레가 나겠는데, 라며 따뜻한 겨울을 걱정했다. 지난 금요일 호재와 조연출만을 남겨 두고 바삐 걸어가던 PD의 뒷모습이 오래전 일처럼 아득했다.

골목길에는 사람의 발자국이라곤 전혀 찾아볼 수 없었다. 고등학교 졸업 이후로는 처음 걷는 길이라서 출근길이 아니라 등굣길에 나선 것 같기도 했다. 푸슬푸슬하게 쌓인 눈이 신발 밑창에 고스란히 스며들었다. 아직 가로등 불이 켜져 있어서 시야는 밝았다. 먼 데를 바라보면 눈이 시릴 만큼 새하얀 풍경이 펼쳐졌다. 지붕이 허물어진 낮은 집들은 눈에 파묻혀 온전하게 복원된 것만 같은 착각을, 골목길 한가운데 서있는 포클레인은 그 상태로 영원히 멈춰 있으리라는 예감을 불러일으켰다.

눈발은 흐트러짐 없이 곧게 내려와 차곡차곡 쌓여 갔다. 호재는 미끄러지지 않도록 조심하며 걸었다. 신발 밑창에 묻은 눈은 금세 단단하게 뭉쳐 비닐을 덧씌운 것처럼 걸음이 위태로웠다.

골목길 초입에 다다르자 쌓인 눈을 쓸어 낸 곳이 더러 보였다. 그 때문인지 몰라도 아직 사람이 사는 집을 끼고 있는 길에는 눈이 더디게 쌓이는 듯했다. 반면 이미 빈집뿐인 큰길 건너 골목은 이대로 딱딱하게 얼어붙어 잿빛으로 번들거릴 것만 같았다. 호재는 신발로 땅을 툭툭 차며 눈을 털어 냈다. 큰길가에서 슬며시 뒤를 돌아보니 호재의 발자국이 삐뚤빼뚤했다. 원래 발보다 훨씬 커서 흡사 남의 발자국처럼 보였다. 엊그제 이렇게 눈이 내렸더라면 주머니에 칼을 숨긴 한 인간이 길을 나서지 않았을 텐데, 발자국이 남을까 두려워 한 걸음도 떼지 못했을 텐데.

일생에 단 한 번 있을까 말까 한 행운을 기다리던 고모부를 덮친 불운이 얼마나 완벽하게 조장되어 있었는지를 생각하자 호재는 기가 막혔다. 집이란 또 얼마나 강력한지, 먼 거리에서도 생로병사의 때를 놓치지 않고 떠난 식구를 불러들인다. 끈질기게 발길을 잡아당겨서는 결국 죽음을 치르게 만든다. 여전히 길을 잃고 헤매는 중이라고 여겼는데 다시 같은 길에 서 보니 무한히 커져 버린 집을 돌아다니며 제 방을 찾는 처지였다.

전조등을 켜고 서행하는 차들이 줄을 이었다. 택시는 한 대도 보이지 않았다. 호재는 잠시 도로 가에 서서 택시를 기다리다 결국 버스 정류장으로 향했다. 멀리서 상암행 버스가 아스팔트에 난 바퀴 자국을 따라 느리게 다가왔다. 버스에 오르자 훈기가 감돌았다. 팔짱을 끼고 잠을 청하는 승객들, 창에 이마를 붙이고 눈구경을 하는 승객들 반반이었다. 호재는 빈 좌석을 찾아 손잡이를 바꿔 잡아 가며 안쪽으로 휘청휘청 자리를 옮겼다.

버스가 폴리스라인을 쳐 둔 고모부의 사무실 앞을 지나가는 참이었다. 내리는 문 바로 옆에 앉은 승객이 뿌연 차창을 손바닥으로 닦아 내다 저런, 안타까워하며 혀를 찼다. 호재는 맨 뒷좌석에 앉아 허벅지 사이에 두 손을 끼워 넣고 그가 다른 말을 할까 기다렸다. 그는 별말 없이 차창 밖을 보다가 이번에는 우와, 감탄을 내질렀다. 그새 다른 풍경이 그의 눈을 사로잡은 모양이었다.

버스가 좌회전을 할 때까지, 동네가 보이지 않을 때까지 호재는 고개를 숙인 자세로 버텼다. 정수리에 소복하게 쌓인 눈이 관자놀이를 타고 흘러내렸다. 빗장뼈를 타고 가슴 아래까지 물이 흘러내렸다. 미지근했던 물이 가슴에 닿자 차갑게 식었다. 고작 일곱 정거장을 지났을 뿐인데 내려야 할 곳이었다. 20분도 채 걸리지 않는 거리였다.

호재는 곧장 9층 빈방으로 향했다. PD가 공지한 회의 시간이 되려면 아직 넉넉했다. 이제 9시였다. 두 시간이나 일찍 출근한 셈이었다. 어제 잠들기 직전까지 호재는 휴가를 낼까 고민하며 뒤척였다. 아직 끝나지 않은 고모부의 죽음을 마무리하려면 마땅히 고모의 곁을 지켜야 했다. 사건과 관련된 뒷일들을 나서서 알아보고 돕는 게 옳은 처사였다. 며칠 고모 곁에 머물면서 유품을 정리하는 일도 거들어야 마땅했다. 하지만 그럴싸한 핑계가 없었다. 이미 장례도 끝난 뒤라 PD에게 비보를 알리기에도 늦었다. 게다가 아버지의 장례라면 모를까, 고모부의 장례에서 상주를 맡았다고 하면 다들 의아해할 텐데, 그들의 궁금증을 풀어 주려고 평범하달 수 없는 얘기들을 떠밀리듯 털어놓고 싶지도 않았다. 차라리 의뭉스러운 눈초리로 저들끼리 궁금해하도록 내버려 두는 게 훨씬 나았다. 이도저도 싫다면 여느 때처럼 출근을 하고 근무를 마치는 게 최선이었다.

　호재는 지난 금요일에 있었던 인터뷰의 녹취를 노트북에 옮기기 시작했다. 녹음 파일에서 들려오는 자신의 목소리가 단조롭다 못해 기계 같았다. 작년 우승자의 강력한 라이벌은 누가 될 것 같습니까? 이번 대회에서 주목할 만한 신인은 누구입니까? 그 와중에 조연출이 키득키득 웃는 소리가 희미하게 들렸다. 그때마다 크게 숨을 내쉬는 소리가 이어졌는데 누가 들어도 호재가 내는 소리였다. 내가 그의 기척에 이토록 예민했나, 현장에서는 전혀 인지하지 못했던 터라 호재는 괜스레 무안했다.

웹하드에 파일들을 업로드하자마자 노크 소리가 났다. 호재는 소스라치게 놀라 바짝 얼어붙었다. 다시 노크 소리가 들렸다. 나쁜 짓을 하다 들킨 사람처럼 호재는 숨을 틀어막고 여기 없는 척했다. 손잡이가 좌우로 획획 돌아가더니 서서히 문이 열렸다.

"누나?"

조연출이었다.

"여기 있을 줄 알았어."

조연출이 헤벌쭉 웃으며 방 안으로 성큼 들어섰다. 어기적어기적 일어서는 호재를 향해 불쑥 상자를 내밀었다. 케이크였다.

"축하해요, 생일."

주말 동안 호재가 그의 메시지를 무시한 것에 대해서는 전혀 개의치 않는 표정이었다. 호재는 그가 이 방을 어떻게 알고 찾아왔는지는 깡그리 잊고 얼결에 케이크 상자를 받았다.

"나중에 내 생일도 축하해 줘. 하루 전에 가르쳐 줄게. 아니면 잊어버릴 테니까. 힌트는 7월."

정말로 알다가도 모를 사람이었다. 언제라도 천진무구한 아이를 흉내 낼 줄 아는 사람. 아무 거리낌 없이 과거의 자신을 현재로 되돌려 놓을 줄 아는 사람. 생일 축하 노래가 흘러나오면 자동적으로 춤을 추고 박수를 치고 제자리에서 폴짝폴짝 뛰어오르는 어린아이.

"혼자 먹어. 그래야 충분해."

한쪽 눈을 찡긋하며 물었다.

"행복하죠? 당연히?"

호재의 대답을 듣지 않고 그는 금세 자리를 떴다. 호재는 손에 든 케이크를 신기하다는 듯 쳐다봤다. 행복이라니? 당연히라니? 힌트는 7월이라니? 한여름에 태어난 사람이라서 나와 이토록 다른가, 어안이 벙벙했다.

2

여덟 살 이후부터 호재는 자신의 생일을 기념하지 않았다. 생일이 있는 1월은 겨울의 여러 달들 중에서 가장 쌀쌀하고, 쌀쌀한 날들 중에서 가장 무정했다. 호재가 칭얼대며 아버지가 잠든 이불 속으로 파고들면 아버지는 호재를 밀어내며 돌아누웠다. 이불 들추지 마라, 방 식는다. 겨울마다 감기를 달고 살던 그는 그저 무기력했던 것일지도 몰랐다. 오한이 들어 몸을 데우려고 이불 속에서 웅크리고 있었던 게 아니라 자신을 내보일 수가 없어서 이불 속에 숨었던 것일지도 몰랐다. 박오식과 조낙호, 두 친구에게 인생을 걸었던 그가 이불 밖으로 나와 가장 먼저 한 일은 두 사람의 행방을 수소문하는 거였다. 그들에게 걸었던 인생을 되찾으려고 다시 자신의 삶을 통째로 갖다 바쳤다.

초등학교 입학을 앞둔 그해 1월, 호재는 툭하면 눈물 바람이었다. 어머니는 다가오는 봄부터 학교에 갈 거라고 수시로 호재에게 알려 주었다. 그때까지 호재는 읽고 쓸 줄을 몰랐다. 어머니는 겨우 이름 쓰는 법만을 가르쳤을 뿐이었다. 호재는 8을 여덟이라고 읽을 줄은 알았지만 그걸 문자화할 일이 있으면 1을 여덟 번 썼다. 하루 종일 바깥을 쏘다니는 탓에 가르칠 시간이 없었다고 변명하면서 어머니는 호재의 무지를 재미있어 했다.

글자를 모르는데, 시계를 보아도 시간을 모르는데, 어떻게 집으로 돌아올 수 있을까. 이대로 학교에 갔다간 영영 집으로 못 돌아올 것 같아 호재는 학교에 가고 싶지 않았다. 이제다 컸다, 호재. 어머니가 등교를 언급할 때마다 눈앞이 캄캄했다. 아버지는 학교에 가면 저절로 다 알게 된다고 천하태평이었다. 결국 아버지의 말이 맞았지만 호재는 길을 잃기도 전에 길을 잃을지도 모른다는 두려움을 먼저 배웠다.

막상 학교에 입학하고 보니 즐거운 일이 많았다. 학급의 누가 생일인 날은 특히 소란했다. 생일을 맞은 아이를 칠판 앞에 세워 두고 아이들은 손뼉을 치고 노래를 부르고 사랑한다고 외쳤다. 발을 구르고 책상을 두들겼다. 담임은 아이의 손에 편지를 쥐여 주며 축하를 마무리했다. 꽤 두툼한 편지였다. 사랑한다는 말을, 축하한다는 말을 얼마나 많이 적었으면 저렇게 두툼할까. 호재는 얼른 자신의 생일이 오기를 손꼽아 기다렸다. 하지만 2학기가 다 지나가도록 호재의 생일은 오지 않았다. 호재가 느끼기에, 나는 생일이 없었다.

긴 겨울방학 중에 호재는 드디어 생일을 맞았다. 한겨울 추위가 기승을 부리는 때라 동네는 한산했다. 놀이터는 텅 비어 있었다. 생일을 축하해 주기는커녕 함께 놀아 줄 만한 아이를 만나기도 어려웠다. 이럴 줄 알았으면 방학 전에 생일을 알려 줬을 텐데. 호재는 속상했다. 하지만 음력 12월 16일이 언제인지 해마다 바뀌는 날짜를 제대로 알아내는 것조차 어린 호재에겐 불가능했다. 그즈음부터 어머니는 눈에 띄게 호재의 생일에 시큰둥했다. 오늘은 호재 생일이야. 큰 목소리로 외치면서 아버지에게 축하의 의무를 떠넘겼다. 아버지는 달력을 확인하곤 부랴부랴 외출을 했다. 날이 저물도록 돌아오지 않았다. 음력 12월 16일, 그날은 아버지의 생일이기도 했다.

2학년이 되고부터, 생일이 언제냐고 누가 물으면 호재는 12월 16일이라고 대답했다. 어머니는 그건 음력 생일이야, 꼬박꼬박 정정하고 넌 아직 여덟 살이야, 굳이 동급생보다 한 살 어리다는 걸 알려줬다. 호재는 교실의 다른 친구들보다 어리다는 사실이 부끄러웠고 다른 아이들이 알까 봐 조마조마했다. 그런데도 거짓말을 멈출 수 없었다. 축하와 환대, 관심과 호의가 넘치는 대접을 받고 싶었다. 주구장창 행복의 구경꾼 노릇만 하긴 싫었다. 내가 주인공인 날이 하루도 없이 살고 싶진 않았다. 그날을 아버지에게 절대로 빼앗기고 싶지 않았다.

3

두이는 호재가 나가는 기척을 듣고 부리나케 자리에서 일어났다. 맨발로 베란다로 나가 창문을 열었다. 눈발 사이로 호재의 뒷모습이 흐릿했다. 호재야, 호재야. 연거푸 호재를 불렀다. 목이 꽉 잠겨 버린 탓에 두이의 귀에도 들릴까말까 한 목소리였다.

눈발이 거세게 들이쳤다. 금세 발가락이 시리고 콧물이 흘렀다. 오늘 같은 날씨에 두오가 태어났는데. 부자가 될 거라던, 복덩이가 될 거라던 어머니의 말은 진즉 틀렸다. 무심코 날짜를 헤아려 보니 오늘은 두오의 생일이자 호재의 생일이었다. 호재가 태어난 날에는 이른 아침에 잠깐 눈발이 날리다가 금세 멈췄다. 하루 종일 먹구름이 가시질 않아 금방이라도 다시 쏟아질 줄 알았는데 밤늦게 날이 갰다. 다행이다 싶으면서도 내심 아쉬웠다.

펄펄 내리는 눈을 보니 갑자기 마음이 바빠졌다. 예전에는 하루 전날 미역을 불려 놓고 일어나자마자 미역국을 끓였다. 호재가 학교에 가고 나면 냄비의 뚜껑을 수시로 열어 보고 가스레인지의 불을 켜곤 했다. 혹시 두오가 올지도 모른다는 기대 때문이었다. 두오 몫까지 넉넉하게 끓인 탓에 국은 아침에 먹고도 냄비에 한가득이었다. 저녁쯤에는 하릴없이 연거푸 데운 탓에 반쯤 졸아 들어서 짜고 되직했다. 남편은 저녁에 먹는 미역국을 훨씬 좋아했지만 호재는 저녁상에 오른 미역국에는 손도 대지 않았다.

두이는 잰걸음으로 부엌으로 향했다. 호재를 위해 미역국을 끓일 참이었다. 싱크대를 뒤져 건미역을 꺼내 찬물에 담갔다. 얼려 둔 고기를 꺼내려고 냉장고의 손잡이를 잡았다. 갑자기 손이 부들부들 떨렸다. 어제부터 손이 말을 안 들었다. 두이는 뒤로 물러섰다. 고기 대신 북어를 넣자, 두이는 싱크대

위쪽에 보관해 둔 마른 북어를 꺼냈다. 납작한 대가리를 가위로 잘라 냄비에 던졌다. 이대로 찬물을 붓고 한나절 담가 두면 육수로 그만일 거였다. 두이는 행주로 싱크대를 한 번 훔친 뒤 북어의 몸통을 찢기 시작했다. 다 찢은 살들은 따로 물에 담갔다. 대충 준비를 마치고 나니 거실이 환했다. 두이는 거실에서 멀뚱히 눈 내리는 창밖을 바라보았다.

"눈 온다. 오늘은 집 보러 오는 손님 없겠다."

또 한 번 남편의 죽음을 실감하면서도 말을 하고 나니 기분이 한결 좋았다. 눈이나 비가 오는 날에는 두이도 남편을 따라 종일 사무실을 지켰다. 어차피 공칠 날이지만 부동산 문을 열지 않을 수는 없어서 종일 노닥거릴 셈으로 함께 출근했다. 머그잔에 소주를 반병씩 붓고 마른 안주를 씹으며 눈 내리는 광경을 나란히 바라봤다. 오후에는 짜장면을 시켜 먹고 고량주를 마셨다. 퇴근할 즈음엔 둘 다 거나하게 취해서 일찌감치 잠자리에 들었다. 다음 날이면 어김없이 새벽에 목욕탕을 찾았다. 남탕과 여탕 입구에 따로 떨어져 서서 이따봐, 손을 흔들고 헤어졌다. 목욕하는 내내 벽시계를 흘깃거리며 남은 시간을 확인하며 몸을 씻었다.

올겨울에는 한 번도 그러지를 못했다. 비가 두어 번 내렸지만 남편은 한겨울에 내리는 비는 일찌감치 그치기 마련이라고, 비가 퍼부을 만큼 따뜻한 날에는 손님들의 발길이 뚝 끊어지질 않는다고 두이의 동행을 거절했다. 두이는 괜스레 마음이 상해서 사람이 변했다고 통박을 주기도 하고 늙어서 변하면 죽는다더라, 출근하는 남편의 등에 대고 막말을 퍼붓기도 했다. 결국 다 참말이 되었다.

갑자기 몸이 으슬으슬했다. 어제 호재가 한 말도 있고 해서 두이는 창문을 닫으러 베란다로 나갔다. 손바닥으로 유리창을 짚고 죽 미는데 창밖에서 시커먼 손이 불쑥 올라왔다. 두이가 화들짝 놀라 누구세요?, 고함을 질렀다. 시커먼 손이 유리창을 쾅쾅 두드리면서 풀쩍풀쩍 뛰어 올랐다.

"누나? 누나?"

4

호재는 9층 빈방에서 케이크 상자를 빤히 바라보았다. 달리 할 일이 없었다. 상자의 윗면에는 초를 담은 길쭉한 봉투가, 옆면에는 비닐로 포장된 플라스틱 칼이 붙어 있었다. 당장 먹을 수도 없고, 들고 다닐 수도 없고 여러모로 애물단지였다. 케이크를 들고 회의에 참석하자니 것도 민망했다. 직장 동료라지만 가벼운 목례만 주고받는 게 전부인 사람들에게 오늘이 생일인 걸 들키고 싶지 않았다. 생일은 호재에게 언제나 비밀이었다.

케이크 상자를 빤히 바라보고 있으니 영 불안했다. 떠오르는 사람들이 너무 많았다. 자신의 탄생에 관여된 사람들의 행방은 모두 오리무중이었다. 어머니는 오늘을 딸의 생일로 기억할까. 아니면 남편의 생일로 기억할까. 어떻게든 이날이 빨리 지나가기만을 바라고 있을까. 아니면 모조리 잊었을까.

한참 고민하다 호재는 상자에 붙은 칼을 떼어 냈다. 초가든 봉투도 마저 뜯어 가방에 집어넣었다. 초에 불붙이는 일을 늦은 밤으로 미루되 일렁이는 불꽃을 오래도록 지켜보고 싶었다. 벽에 기다란 그림자가 생기는 모습을 태연하게 바라보는 자신을 확인하고 싶었다. 당장은 아니더라도 언젠가는 자신의 생일을 축하하고 싶었다. 누군가의 축하보다는 스스로 가장 크게 기뻐하고 축하하는 날이기를 바랐다. 그러다 보면 뭐든 제대로 쉬워지는 날이 올 거라고 믿고 싶었다.

별안간 핸드폰이 울렸다. 고모였다. 설마 생일을 축하하려고 전화를 걸었나, 호재는 망설이다 전화를 받았다.

"호재야."

고모의 목소리가 떨렸다. 아무래도 무슨 일이 생긴 것 같았다.

"어디니?"

"일하는 중입니다."

호재는 침착하게 대꾸했다. 틀린 말은 아니었는데 거짓말 같았다. 고모가 생일 운운할까 봐 어서 빨리 대화를 마무리하고 싶은 마음이 컸다. 고모는 분명 아버지의 생일도 함께 기억하고 있을 테니까, 고모만은 오늘이 무슨 날인지 몰랐으면 했다.

"혼자 있니?"

"아니요."

의심할 바 없는 거짓말이었다. 집에 혼자 있을 고모가 걱정되었지만 당장은 고모의 슬픔으로부터 도망치고 싶었다.

"혼자 있을 수 있겠어?"

호재는 재깍재깍 대답하지 않았다.

"어디 혼자 있을 데 없어?"

목소리에서 다급하고 긴박한 티가 역력해서 호재는 덜컥 겁이 났다.

"잠시만요."

호재는 좁은 방 안을 맴돌면서 시간을 벌었다. 수화기 너머는 이상하리만치 조용했다.

"지금은 혼자 있습니다."

그 말이 거짓말인지 아닌지는 헷갈렸다.

"호재야, 아버지가 돌아왔다."

이제는 고모가 거짓말을 할 참인가? 호재는 귀를 곤두세웠다.

"조금 전에 돌아왔다."

"아빠요?"

"그래, 네 아빠."

"누구라고요?"

"언제 집으로 올 수 있니?"

"오늘은 많이 바쁩니다."

"점심시간에라도 들를 순 없을까?"

사라진 건 아버지가 아니라 나였던 걸까? 지난 주말 치른 장례가 거짓말 같았다. 아무도 안 죽은 것 같았다. 고모부가 살아 있다고 해도 이보다 놀랄 수는 없지 싶었다.

"바꿔 줄까?"

"싫습니다."

수화기 너머에서 잔뜩 흥분하고 열에 들뜬 목소리가 들렸다. 얘기해, 얘기해. 두이를 부추기고 재촉하는 목소리였다.

"호재야, 아버지가 로또에 당첨됐대."

얼마나 시간이 흘러야 이 전화가 끊어질까. 호재는 암담했다. 핸드폰을 귀에서 떼고 시간을 확인하니 회의 시간이 코앞이었다. 당장 11층으로 올라가야 늦지 않을 시간이었다. 비밀이라고 해, 비밀. 다시 목소리가 끼어들었다. 두이가 들릴 듯

말 듯 속삭였다.

"제발, 호재야, 제발."

5

아빠라는 단어를 마지막으로 입에 올린 게 20여 년 전이었
다. 고모를 따라 나선 날 아침이었다. 어머니가 먼저 집을 나
서고 뒤이어 허둥지둥 달려 나가는 아버지를 쫓아가면서 아
빠, 아빠, 불렀다. 아버지는 끝끝내 뒤돌아보지 않았다. 그러
곤 끝이었다. 다시는 그를 아빠라고 부르지 않았다.

갑자기 아빠라는 말이 왜 튀어나왔는지, 알다가도 모를 일
이었다. 그가 고모의 곁에서 통화 내용을 죄다 듣고 있었을 거
라 생각하니 더욱 환장할 지경이었다. 미친, 아빠라고 하다니.

온갖 의심이 꼬리를 물고 이어졌다. 그동안 아버지는 실종
된 게 아니고 숨어 있던 것일까. 아무도 모르게 다른 죄를 지
은 건 아닐까. 의심이 사실일 가능성은 컸다. 제 발로 돌아왔
다는 게 그 증거였다. 호재는 노트북을 덮고 케이크의 상자를
열었다. 칼로 케이크를 갈랐다. 조각난 케이크를 거침없이 뭉
갰다. 질퍽거리며 부스러지는 케이크를 다지듯이 칼로 문댔다.

손은 생크림 범벅이었다. 더러워진 손을 높이 쳐들고 호재는 머리채를 잡힌 사람처럼 몸을 뒤로 젖히고 눈을 감았다. 그가 로또에 당첨되었다는 사실도 믿을 수 없었다. 그런 행운이 아버지의 것일 리 없었다. 그는 이미 주민등록이 말소된 상태였다. 사망한 것으로 추정되는 자에게 일확천금은 어불성설이었다.

여전히 그가 주인공인 오늘이었다. 호재의 생일이 아니라 그의 생일이었다. 얘기해, 얘기해. 아버지의 목소리가 생생하게 호재의 귓전을 울렸다. 호재는 세차게 고개를 저으며 짓이기듯 읊조렸다.

얘기하지 마.

나한테 하지 마.

나는 당신의 알리바이가 아니야.

다시 핸드폰이 울렸다. 고모의 메시지였다. 호재야, 아버지가 너 준대. 연달아 조연출의 메시지가 떴다. 누나, 어디예요? 오는 중? 호재는 쥐고 있던 칼을 내팽개쳤다. 손에 묻은 생크림을 책상 밑에 덕지덕지 발랐다. 매끄러운 상판과 달리 뒷면은 몹시 깔끄러웠다. 뾰족한 거스러미가 손등을 파고들었다. 미끈거리는 손으로 노트북을 가방에 밀어 넣었다. 엉망진창이 된 케이크만 남겨 두고 남은 물건은 모조리 쓸어 담았다. 또 고모의 메시지가 울렸다. 바다, 바다서 가. 급했던 모양인지 오타투성이였다.

로비에는 아무도 없었다. 창밖을 보니 눈은 쉴 새 없이 쏟아졌다. 여태 두텁게 쌓여 가는 중이었다. 어제까지의 자취를 알아볼 길은 감쪽같이 사라졌다. 쌓인 눈이 모두 녹으려면 몇 날 며칠이 걸릴지 까마득했다.

눈 내리는 날에는 손님이 없다, 이런 날 오는 손님은 반갑지도 않다, 어느 겨울에 고모부가 했던 말이 떠올랐다. 장례식 내내 잠복해 있던 의문이 호재를 괴롭히기 시작했다.

누가 고모부를 죽였을까.

엘리베이터의 문이 열렸다. 커다란 발자국들이 어지럽게 찍힌 박스가 바닥에 깔려 있었다. 안은 텅 비었다. 맞은편 벽에 뻬딱하게 서 있는 호재의 모습이 조그맣게 비쳤다. 거울에 비친 모습은 어떤 미동도 없었다. 누가 고모부를 죽였을까. 벙긋거리는 입은 잘 보이지 않았다. 호재는 물끄러미 바라보다 답장을 보냈다.

가는 중입니다.

작가의 말

어느 날 알리바이라는 단어를 듣는데, 무척 거슬렸다.
포스트잇에 알리바이라고 쓰고 책상 앞에 붙여 두었다.

나는 그때 거기 없었다는 사실을 밝힘으로써 무죄를 입증하다니.
그러한 논리가 가능하다는 걸 도저히 믿을 수가 없었다.

계속 생각했다.
그럼에도 불구하고 남는 혐의에 대해서.
그때 거기 없었기 때문에 남는 혐의에 대해서.

그러자 삶이 어려워졌다.
영원히 무죄인 상태로 사는 것은 불가능에 가까운 듯했고
모든 장소에 부재하는 일이 가능한지도 의심스러웠고
모든 때에 부재하는 일은 애당초 거짓말 같았다.
그게 가능한 사람이 있다면 이미 그는 죽은 것 아닐까.

소설을 다 쓰고 나서 포스트잇을 휴지통에 던졌다.
그렇게 알리바이를 버렸다.

계속 생각하는 것만으로,
질문을 놓지 않았다는 것만으로
만족했던 때가 있었다.

그렇게 버렸다.

추천의 글

조남주(소설가)

무심히 죄를 지은 이는 평생 그 무게에서 벗어나지 못하고, 기꺼이 무게를 나누려던 이는 삶 전체가 불행으로 말려든다. 그리고 아무것도 선택할 수 없었던 아이가 있다. 아이의 이름은 '호재'. 행복과 기대가 담긴 거창한 이름을 붙여 준 어른들은 정작 자신의 운명에 허우적대느라 아이를 잊었다.

『호재』는 휘둘리고 뒤틀리느라 자라지 못한 사람들에 대한 이야기다. 나 그리고 당신의 변명이고 진심이다. 커다란 몸 안에 웅크린 아이를 숨기고 사는 사람들이 많았다. 그러니 어떻게 이 이야기에 마음이 흔들리지 않을 수 있을까. 우리는 한때 어찌할 바를 모르는 아이였으므로. 이제 그 아이의 눈을 피하는 어른이 되었으므로.

성실과 호의는 성과와 예의로 돌아오지 않고, 행운과 불운은 언제나 가장 부적절한 순간에 찾아온다. 누구에게나 삶은 첫 번째 경험이고 우리는 매 순간 무능하다. 태연한 얼굴로 일상을 살아 내는 평범한 당신, 사실은 가혹하고 냉정한 운명 앞에 필사적으로 버티고 있는 당신, 당신의 눈물과 한숨 끝에 이 소설을 놓아 주고 싶다.

허윤(문학평론가)

한국 소설에서 아버지는 늘 재발견되어 왔다. 선글라스를
끼고 달리는 아비에서부터 시도 때도 없이 모자가 되는 아버
지까지 소설적 상상력의 구심점에는 지나치게 심각하고 때로
는 모자란 아버지가 있었다.『호재』는 이 지나치고 모자란 아
버지를 미사여구 없이 등장시킨다. 남가좌동이나 상암동 등
재개발을 통해 깨끗하게 재정비된 동네는 가족의 은유로 작
동한다. 하지만 가족은 뉴타운처럼 깨끗하게 고쳐지지 않는
다. 재개발 구역에서 제외된 고모부의 복덕방처럼, 남루하고
노쇠한 채 존재한다. 황현진은 쉽게 떠날 수 없지만, 인정할
수도 없는 가족의 비밀을 하드보일드하게 담아낸다. 착한 여
자로 희생하는 삶을 산 고모를 낭만화하며 연민하지도 않고,

짐짝처럼 거추장스러운 아버지를 증오하지도 않는다. 망가진 가족과 그 원인인 아버지를 그야말로 타자로 사유하는 자리에서, 이 소설은 출발한다.

한국 소설은 아버지에 대해 늘 너무 많이 이야기해 왔다. 이미 낡고 녹슨 가족 이야기로부터 거리를 취하려는 황현진의 태도가, 그야말로 여성적이다.

오늘의
젊은 작가
23

호재

황현진 장편소설

1판 1쇄 펴냄 2019년 9월 27일
1판 5쇄 펴냄 2023년 4월 10일

지은이 황현진
발행인 박근섭·박상준
펴낸곳 (주)민음사

출판등록 1966. 5. 19. 제16-490호
주소   서울시 강남구 도산대로1길 62(신사동)
          강남출판문화센터 5층(06027)
대표전화 02-515-2000 | 팩시밀리 02-515-2007
홈페이지 www.minumsa.com

ⓒ황현진, 2019. Printed in Seoul, Korea

ISBN 978-89-374-7323-4 (04810)
ISBN 978-89-374-7300-5 (세트)

* 잘못 만들어진 책은 구입처에서 교환해 드립니다.

당신이 소장해야 할 한국문학의 새로움, 오늘의 젊은 작가 시리즈

01 아무도 보지 못한 숲   조해진

02 달고 차가운   오현종

03 밤의 여행자들   윤고은

04 천국보다 낯선   이장욱

05 도시의 시간   박솔뫼

06 끝의 시작   서유미

07 한국이 싫어서   장강명

08 주말, 출근, 산책 : 어두움과 비   김엄지

09 보건교사 안은영   정세랑

10 자기 개발의 정석   임성순

11 거의 모든 거짓말   전석순

12 나는 농담이다   김중혁

13 82년생 김지영   조남주

14 날짜 없음   장은진

15 공기 도미노   최영건

16 해가 지는 곳으로   최진영

17 딸에 대하여   김혜진

18 보편적 정신   김솔

19 네 이웃의 식탁   구병모

20 미스 플라이트   박민정

21 항구의 사랑   김세희

22 두 방문객   김희진

23 호재   황현진

24 방콕   김기창